다시, 말꽃

다시, 말꽃
어른 동화로 만나는 나의 감정과 관계 이야기

초판 1쇄 발행 2025년 9월 8일

지은이 나영은
펴낸이 장길수
펴낸곳 지식과감성#
출판등록 제2012-000081호

교정 주경민
디자인 김희영
편집 김희영
검수 김지원, 한장희, 이현
마케팅 김윤길

주소 서울시 금천구 벚꽃로298 대륭포스트타워6차 1212호
전화 070-4651-3730~4
팩스 070-4325-7006
이메일 ksbookup@naver.com
홈페이지 www.knsbookup.com

ISBN 979-11-392-2778-9(03810)
값 16,700원

- 이 책의 판권은 지은이에게 있습니다.
- 이 책 내용의 전부 또는 일부를 재사용하려면 반드시 지은이의 서면 동의를 받아야 합니다.
- 잘못된 책은 구입하신 곳에서 바꾸어 드립니다.

지식과감성#
홈페이지 바로가기

어른 동화로 만나는 나의 감정과 관계 이야기

다시, 말꽃

나영온 지음

"말하지 못한 마음이 피어나는 시간"

따뜻한 웃음 가득한

_____님께

마음의 향기를 전해 드립니다.

《다시, 말꽃》을 먼저 읽은 분들의
응원 한마디

"관계가 변할수록 불안도 깊어지지만, 이 책은 그 안에서 따뜻한 위로를 건넵니다. 상처 많은 일상 속, 다정한 말 한 줄이 얼마나 큰 힘이 되는지 느낍니다."

― 김정원 / 오랜 인연의 학부모

"제목만 봐도 연결성이 느껴졌고, 글을 통해 나의 감정이 정리되는 경험을 했습니다. 복잡했던 감정들을 하나하나 해석해 갈 수 있도록 도와주는 책입니다."

― 양의옥 / 유보라꿈나무 어린이집 원장

"'당신의 마음에도 눌려 있던 말 하나쯤은 있지 않나요?'라는 문장이 괜찮은 척 살아온 저를 위로했습니다. 이제는 스스로를 돌보고 싶어졌습니다."

― 김동현 / 낭독봉사자 & 직장인 독자

"마치 내 마음을 들여다보는 듯한 위로가 전해졌습니다. '나도 그런데…'하고 고개를 끄덕이며 공감하게 되는 책입니다."

— 이향숙 / 건강힐링문화센터장

"지나치기 쉬운 상처들을 따뜻하게 보듬어 주는 글이었습니다. 현실 속 이야기들이라 더 깊이 와닿았고, 함께할 수 있다는 믿음을 얻었습니다."

— 장수경 / 사회복지사

"제게서 피어나는 마음을 찬찬히 들여다볼 수 있었습니다. 나만의 '말꽃'을 피워내고 싶다는 용기와 응원을 건네준 책입니다."

— 홍지원 / 심리학 전공 대학생

"어른도 가끔은 동화를 읽어야 한다는 이유가 이 책 속에 있습니다. 잊고 지낸 나를 마주하게 해주는, 어른을 위한 다정한 위로의 글입니다."

— 아이와 직장, 열심히 일궈내고 있는 2년 차 로운엄마

프롤로그

누구에게나
마음속에 말하지 못한 말 하나쯤은 있습니다.
하지 못한 말,
해봤자 달라지지 않을 것 같았던 말,
혹은 너무 늦은 말―
그런 말들이 쌓이면
우리 마음에는 꽃 대신 상처가 자라기도 하지요.
이 책은,
그 눌려 있던 말들이
조심스럽게, 말꽃으로 피어나는 순간들을 담고 싶었습니다.
때로는 조용한 거북이처럼,
때로는 망설이는 엄마처럼,
혹은 말하지 않아도 깊이 울리는 고래처럼―
그 이야기들을 따라가다 보면
어느 순간,
당신의 마음에도 한 송이 말꽃이 피어나길 바랍니다.
말은 꽃처럼 피어나야 합니다.
그 안엔 오래 눌린 마음이 있기에.

by 나영온

어른동화집 - 마음의 숲에서 만난 이야기

상처받은 어른들을 위한 마음의 백신

"마음 백신"

관계의 상처와 회복, 소외된 감정의 위로,
가족 안의 경계와 연대 같은 정서적 밀도를 가진 이야기!
"이 이야기는 누군가의 진짜 마음이었다는 걸 기억해 주세요."
관계는 어렵습니다.
가깝다고 해서 다 알 수 있는 것도,
멀다고 해서 모르는 것도 아니니까요.
어른이 되면 다 괜찮을 줄 알았습니다.
하지만 마음엔 여전히 자라지 못한 채 남겨진
어린 날의 내가 있습니다.
이야기를 쓰고 들려주는 건,
그 아이를 안아주고 싶은 마음에서 비롯되었어요.
이 어른동화는 단순한 이야기 그 이상입니다.
상처받고, 관계에 지치고, 가족 안에서 길을 잃은 우리 모두에게,
'나만 그런 게 아니었구나' 하는 작은 위로와 이해되길 바랍니다.

이 숲은 안전합니다.
여기선 마음껏 울어도 괜찮고, 조용히 웃어도 괜찮아요.
천천히, 그리고 솔직하게. 당신의 마음이 머물다 가길 바랍니다.

by 나영온

차례

《다시, 말꽃》을 먼저 읽은 분들의 응원 한마디　　6
프롤로그　　8
상처받은 어른들을 위한 마음의 백신　　10

1부 상처와 감정의 시간

첫 번째 동화　　<여우몰이>　　16
두 번째 동화　　<우물 안 개구리>　　24
세 번째 동화　　<의자왕>　　31
네 번째 동화　　<눈치 주머니>　　38
다섯 번째 동화　<리본 토끼와 큰 소리 염소>　　50

2부 관계 속의 거울

여섯 번째 동화　<나팔수>　　60
일곱 번째 동화　<뾰쪽한 마음 vs. 부드러운 마음>　　67
여덟 번째 동화　<화려함 속의 진실>　　77
아홉 번째 동화　<쿨가이 늑대>　　85
열 번째 동화　　<무지개 양말과 회색 교실>　　92

3부 가족, 가장 가까운 거리에서

열한 번째 동화	<무촌 부부>	102
열두 번째 동화	<밀림의 정원>	109
열세 번째 동화	<우리 집>	118
열네 번째 동화	<고래와 친구들>	128
열다섯 번째 동화	<뻐꾸기 둥지>	138

4부 감정을 바라보는 연습

1. 마음챙김 기반 인지치료(MBCT)   149

1부 <상처와 감정의 시간>에 적용되는 MBCT 핵심 개념   150

2부 <관계 속의 거울>에 적용되는 MBCT 핵심 개념   152

3부 <가족, 가장 가까운 거리에서>에 적용되는 MBCT 핵심 개념   154

2. 마음챙김 실천편   156

1. 자동조종 상태란 무엇인가요?   156
2. 알아차림 훈련(마음챙김 명상)   158
3. 감정 다루기   160
4. '멈춤(PAUSE)' 연습   162
5. 감정기록 실천   164

에필로그: 작가의 말   166
참고한 이론 및 문헌   169

1부

상처와 감정의 시간

"감정은 다치기도 하고, 다치게 하기도 합니다."

상처와 감정의 시간
말하지 못한 말들이 눌려 있던 곳.
그곳엔 소리 없는 눈물과, 삼킨 말, 참았던 감정들이 숨어 있었습니다.
어린 시절의 외로움,
말을 꺼내는 대신 눈치를 본 순간들,
누군가의 말보다 내 감정을 먼저 외면했던 날들.
이 이야기들은,
그렇게 '참는 법'을 먼저 배운 이들이
다시 자신의 마음에 귀 기울이기 시작하는 순간을 담고 있습니다.

상처는 흔히 '사건'으로 기억되지만,
진짜 상처는 감정을 외면한 시간에서 피어나기도 해요.
지금 이 순간,
마음속 말하지 못한 말 하나를 꺼내볼 수 있다면
그건 곧 회복의 시작이 아닐까요?
"당신의 마음에도, 눌려 있던 말 하나쯤은 있지 않나요?"
오늘은 그 말을 조심스럽게 꺼내, 말꽃으로 피워보세요.

첫 번째 동화

<여우몰이>

때론, '사람'이 가장 무서운 포식자가 됩니다.

숲속에서 여우몰이가 시작되었어!
"여우 잡아라~ 저기 있다! 여기 있다!"
여우는 영문도 모른 채 쫓기면서 처음엔 어리둥절하다가,
나중엔 정말 무서워졌지.
'정말 내가 무언가 잘못한 게 있나?'
그렇게 스스로에게 질문하고 질책하다 막다른 길에 다다랐어.
여우는 용기 내어 물었어.
"왜 그러는 건데? 도대체 나한테 왜 그래?"
그러자 돌아오는 대답은
"나는 곰이 쫓아가긴래…."
"나는 기린이 소리 지르며 뛰어가는 게 신나 보여서…."
"나는 저 동물들이 뛰어가길래 그냥 같이 뛰었어."
여우는 너무 황당했어.
"내가 얼마나 무서웠는지 알아?
이유도 모른 채 쫓기는 기분을 알아?
그것도 무리지어서 그렇게 달려들면….
난 진짜 죽을 것 같은 두려움을 느꼈단 말이야."
그러자 사자가 한마디 했어.
"나는 저기 느티나무가 큰 소리로 '여우 잡아라!'라고 해서
그냥 함께 소리를 지른 것뿐이야."

그때 느티나무는, 솔솔 불어오는 바람에

나뭇잎을 흩날리며 콧노래를 부르고 있었지.
느티나무에게 모두의 시선이 쏠리자 말했어.

"여우가 지나가길래 불러봤어!"

❀ 그저 분위기에 휩쓸렸을 뿐이라고?

처음엔 어리둥절했어요.
무슨 일이 벌어진 건지조차 몰랐어요.
사람들의 시선이 나에게 쏠렸고,
누군가는 속삭였고,
누군가는 웃었고,
누군가는 나를 피했어요.
이유도 모른 채, 나는 점점 구석으로 몰렸습니다.
나중엔 소문이 생기고,
비난이 시작되고,
마치 내가 뭔가 큰 잘못을 저지른 사람처럼
사람들이 나를 대했죠.
그때 나는 정말 물어보고 싶었어요.
"내가 도대체 뭘 그렇게 잘못했는데요?"
"왜 나를 피하고, 조롱하고, 따돌리는 거예요?"
하지만 돌아오는 대답은 이랬어요.
"나는 그냥 다들 그런 분위기라서…."
"누가 뭐라고 해서 그런 줄 알았어."
"그냥, 네가 좀 이상하다고 하니까…."
누군가는 나를 가리켰고,

누군가는 그걸 그대로 믿었고,
누군가는 그 상황을 재밌어했어요.
그리고 누군가는 말없이 함께했어요.
나를 직접 공격한 사람이 누군지조차 모를 정도로,
모든 게 흐릿한 무리 속에서 이루어졌죠.
하지만 나는 분명히 기억해요.
그때 느꼈던 공포와 고립감,
"내가 그렇게 잘못했나?"하며 스스로를 의심했던 순간들.
어떤 말도, 어떤 행동도
단독으로 보면 그저 가벼운 장난처럼 느껴질 수도 있어요.
하지만 누군가를 몰아가는 분위기 속에서는,
그 작은 말들이 칼이 되고,
작은 웃음조차 비수가 됩니다.
"그저 분위기에 휩쓸렸을 뿐이에요."
"그냥 장난이었어요."
이런 말로 가려지지 않는 상처가 있다는 걸
우리는 모두 알고 있어요.
몰아세운다는 건 반드시 욕을 하고, 손가락질을 하고,
비난을 해야만 가능한 게 아니에요.
말없이 피하고,
대화에서 배제하고,
다른 사람과 눈빛을 주고받으며 웃는 것―

그 모든 것이, 누군가를 향한 무언의 공격이 될 수 있어요.
나 하나쯤은 괜찮겠지.
다들 하니까, 그냥 맞춰야지.
그런 생각들이 모여서
누군가의 하루를, 마음을, 인생을 무너뜨릴 수도 있어요.
그러니 오늘은 한번, 조용히 생각해 봐요.
나는 누군가를, 이유도 없이,
몰아간 적은 없었는지.
그저 곁에 있었던 것만으로도
누군가를 두렵게 만든 적은 없었는지.
그리고…
누군가 그런 상황에 놓여 있다면,
나는 그 여우가 되지 않게,
그 사람의 옆에 서줄 수 있을지.
오늘의 말꽃 한 송이,
그 마음 위에 피워봅니다.

❀ **오늘의 말꽃** [당신의 마음에 피어나는 문장]

"누군가의 상처는,
　누군가에겐 장난으로 던진 돌의 흔적일 수 있습니다."

🍀 그 말, 누가 먼저 했을까?

"뭐야? 방송사고야? 누가 낸 거야?"
그날은 생방송 뉴스 시간.
단 0.5초의 짧은 시간, 블랙 화면이!
눈 하나 깜빡할 사이였지만 명백한 방송 사고였다.
작은 실수도 허용되지 않는 생방송의 세계에서,
누구 하나는 책임을 져야 했다.
그런데 그 순간,
누군가가 조용히 말했다.
"아무래도 조연출이 뭔가 잘못 만진 것 같습니다."
그 말 한마디에
모든 시선이 내게로 쏠렸다.
국장님부터 PD까지
한마디씩 내리꽂는다.
"생방송에 뭘 만져!"
"정신 똑바로 안 차려?"
"요즘 빠져 있는 거 아니야?"
억울했지만 말할 수 없었다.
나는 '말보다 증거'를 택했다.
모두 퇴근한 후, 기계를 하나하나 다시 점검했다.
그리고 알았다.

기계 결함!!
다음 날, 모든 스태프 앞에서 이 사실을 전했다.
그 순간, 선배 연출의 말.
"그럼 다행이네. 앞으로 조심하자."

0.5초의 검정 화면을 덮어쓴 5시간의 노력이었다.
누구 하나 사과하지 않았다.
말 그 한마디로 몰렸던 사람,
내가 얼마나 밤새 억울하고 속이 상했는지는
아무도 묻지 않았다.

그때 느꼈다.
세상은 벌어진 일에만 관심이 있을 뿐,
그 일이 왜 벌어졌는지에는 관심이 없다.
그리고 **누군가 던진 말 한마디는**
때로는 진실보다 먼저, 사람을 해치기도 한다.

❀ **오늘의 말꽃** [당신의 마음에 피어나는 문장]

"진실보다 먼저 퍼지는 말이,
누군가의 하루를 무너뜨릴 수도 있어요."

두 번째 동화

<우물 안 개구리>

누군가의 비밀 위에 쌓은 우월감은 오래가지 못합니다.

처음엔 그저 다 같이 신나게 뛰어 놀던 시간이었다.
앞다리가 나고, 뒷다리가 나고,
어느새 연못의 올챙이들은 작고 앙증맞은 개구리로 변해갔다.
그중 한 개구리는 점프 높이가 유독 낮았다.
자기도 이유를 몰랐다.
하나둘 우물 밖으로 쉽게 놀러 나갔지만
그 개구리는 열심히 노력해야 겨우 나왔다.
친구들은 아등바등 점프해 나오는 개구리를 놀리기 시작했고,
우물 가득한 웃음소리는 어느 새 상처가 되었다.
그래도 다행히 한 친구만은 곁을 지켜주었다.

그 개구리는 마음을 버텨볼 수 있었다.
그러다 풀숲 속 작은 우물을 발견하고,
그 안에 몸을 담갔다.
바깥은 시끄러웠지만, 우물 속은 조용했다.
가만히 바라본 하늘이 참 맑았다.
조금만, 정말 조금만 머물 생각이었다.
그런데 그 친구가 다시 찾아왔다.
"괜찮아? 올라와. 다 같이 놀자."
하지만 개구리는 고개를 저었다.
"난 여기 조금 더 있을래. 이 안이 편하거든.
높은 벽을 보고 있으면,

언젠가 더 높이 뛸 수 있을 것 같기도 해."
그 말은, 정말 솔직한 자신의 감정이었다.
혼자 있고 싶다는,
그러나 언젠가는 다시 나가고 싶다는 마음.

그런데 다음 날, 그 말이 엉뚱하게 왜곡되어 전해졌다.
"야, 걔 우물에 빠져서 못 나온대!"
"아~ 안 나오는 게 아니라 못 나오는 거래?"
"쟤 진짜 뒷다리가 짧은가 봐."
다른 개구리들이 비웃고 손가락질했다.
자신을 비난한 친구가 아니라,
자신이 믿었던 친구가 이야기를 흘렸다는 사실이 더 아팠다.
마음은 깊은 우물보다 더 아래로 가라앉았다.

누군가의 작은 말 한마디가
누군가의 상처를 우스갯소리로 만들 수 있다.

🍀 우물에 빠진 건, 나였을까, 말이었을까

이유도, 여유도 없이 떠밀리듯 끝나버린 하루들.
그 끝에서 나는 연락을 끊고 잠시 잠수를 탔다.
친한 친구에게 겨우 내 마음을 알린 문장 하나.
"나, 지금 우물에 빠진 기분이야. 금방 나올게."
그건 누군가에게 털어놓는다는 느낌이 아니라,
그저 조용히, 나를 잠시 꺼내놓는 말이었다.

그런데 얼마 뒤, 다른 친구에게서 전화가 왔다.
"너 우물에 빠졌다며? 모임 애들이 그러던데?"
나는 우물에 빠졌다고 했는데,
사람들은 그 말을 가볍게 떠다니는 소문으로 만들었다.
내 말은 위로의 시작이 되지 못했고,
오히려 나를 더 깊은 곳으로 밀어 넣었다.

세상은 종종 '이야기'를 자신들의 관점으로 재편집한다.
그 과정에서 진심은 사라지고, 가십만 남는다.
그래서 나는 결심했다.
우물에서도 나오고,
내 말을 가볍게 흘려보낸 사람들의 세계에서도 나오자고.
말을 꺼내는 것도 용기지만,

그 말을 지켜줄 사람을 고르는 일은 더 큰 용기다.

> 🌸 **오늘의 말꽃** [당신의 마음에 피어나는 문장]
> "말은 마음을 담는 그릇이에요.
> 누군가의 진심을 가볍게 떠 나르지 않기를."

🍀 한 걸음 뒤에서

어떤 날은
감정을 느끼는 것조차 버거울 때가 있어요.
그럴 땐 그냥,
조용히 눈을 감고 나 자신에게 말해봅니다.
"지금, 힘들지?"
"그래도 괜찮아. 이 모습도 나야."
우리는 자주 '괜찮은 척' 하느라
마음을 억누르고, 감정을 미루고,
스스로에게 너무 엄격해지곤 하죠.

그럴 때면,
감정은 더 또렷하게 고개를 들어요.
슬픔도, 분노도, 지침도
밀어낼수록 더 크게 다가오거든요.
그러니 그냥,
있는 그대로의 감정을 바라봐 주세요.
해결하려 하지 않아도 괜찮아요.
그저 있는 그대로 느껴 주고,
"지금, 나에게 이런 감정이 있구나."
하고 알아차려 주는 것만으로도 충분해요.

그리고,
딱, 한 걸음만 뒤에서 나를 바라보세요.
한 발짝 떨어진 자리에서
조금은 덜 휘말리고,
조금은 더 따뜻하게 나를 바라볼 수 있어요.

그러면,
숨 쉬는 것이 한결 편안해질 거예요.
감정이 나를 덮는 것이 아니라,
내가 감정을 품을 수 있게 되거든요.

오늘 이 책은
그 한 걸음 뒤에서 피어나는
작은 말꽃들을 담아보려 합니다.
감정이 지나간 자리마다
작은 숨결 같은 꽃이 피어나길 바라며—

❋ **오늘의 말꽃** [당신의 마음에 피어나는 문장]
　　"상처받은 마음 곁엔,
　　그저 말없이 있어주는 친구가 필요합니다."

세 번째 동화

<의자왕>

무임승차는 결국, 관계에서 멀어지게 합니다.

숲속에 '칭찬의자'라는 게 있었다.
일 년에 단 한 번, 동물 친구들이 투표를 통해
가장 많은 칭찬을 받은 친구가 앉게 되는 자리.
멋진 장식과 푹신한 쿠션이 있는 그 의자는
숲의 모두가 선망하는 자리였다.

토끼는 아침부터 저녁까지 쉴 새 없이 뛰어다녔다.
자기 일도 하고, 친구들 심부름도 도왔다.
정성껏 키운 당근을 나눠주고, 모두에게 칭찬을 받았다.
돼지는 느릿느릿하지만, 그만의 방식으로 성실했다.
진흙탕을 만든 뒤 모두에게 신나게 뛰놀게 했고,
돌멩이들을 손으로 골라내며 안전한 놀이터를 만들었다.
돼지의 꿀꿀~ 노래는 숲속 아이들의 웃음소리와 섞여
행복한 하루를 만들었다.
사슴은 길을 잃은 동물들에게 열매 나무를 안내했다.
물속에 빠진 꿀단지를 꺼내주기도 했고,
꽃들이 진 자리에 조심스레 발을 디뎌줬다.
그렇게 각자의 자리에서 빛난 하루들이 쌓여 갔다.

그런데, 조용한 한 구석에서 작은 쥐가 있었다.
작아서 눈에 띄지 않았고,
누구도 그의 행동을 신경 쓰지 않았다.

하지만 쥐는 토끼의 당근을 몰래 먹었고,
돼지가 만든 진흙탕에서 신나게 목욕을 했고,
사슴이 인도한 열매도 곁에서 덩달아 따 먹었다.
그 누구보다 잘 즐겼지만,
그 누구보다 아무것도 하지 않았다.

그리고… 드디어 칭찬의자 투표의 날이 왔다.
그런데 하필!
토끼는 당근 배달로 늦었고,
돼지는 배탈로 집에 누워 있었고,
사슴은 다리를 삐끗해 나오지 못했다.
투표장은 썰렁했고,
결국 쥐만 나와 있었다.
"후보는 쥐 한 명입니다!"
다른 동물들은 황당했다.
"쟤는 열심히 한 적이 없는데? 왜 의자에 앉아?"
쥐는 안경을 고쳐 쓰며 조용히 수첩을 폈다.
"여기 보면요…
'가장 많은 표를 받은 동물'이 의자에 앉게 된다고 써있어요.
'열심히 살아야 한다'는 조건은… 없네요?"
그 순간, 조용했던 숲이 더 조용해졌다.
모두가 무언가를 놓치고 있었다는 듯.

❀ 숟가락 얹은 사람은 늘 가장 배가 부르다.

나는 그런 적 있다.
누군가가 '함께 하자'고 했을 때 정말 함께 하고 싶었지만
결국 나 혼자 모든 걸 준비하고 마무리했던 기억.
그 덕에 누구는 칭찬을 받았고,
'원래 그런 걸 잘했으니까'라며 나의 노력은 당연시되었다.
누구는 결정만 했고,
나는 그 결정을 실행하느라 밤을 새웠다.
그게 팀워크라면, 그건 누구의 팀이었을까?

이제는 안다.
관계에서도 '노력의 무게'는 공평하지 않다.
그리고 말하지 않으면 남들은 모른다.
그래서 이제는 내가 한 일엔 스스로 이름을 붙인다.
누구를 비난하진 않지만, 나를 숨기진 않기로 했다.

❀ **오늘의 말꽃** [당신의 마음에 피어나는 문장]

"나의 성실함이 누군가의 패스 카드로 쓰이고 있다면,
'무임승차' 신고하세요!"

🍀 붙잡는 마음, 놓아야 하는 순간

백제의 마지막 임금,
의자왕은 끝내 많은 신하들과 함께 도망쳤다고 해요.
이미 패배가 뚜렷했음에도,
그는 끝까지 사람들을 데리고 달아났죠.
어쩌면 그는, 마지막까지 놓지 못했던
어떤 '마음'을 끌고 있었는지도 몰라요.
왕으로서의 체면, 누군가를 책임져야 한다는 사명감,
혹은 단순히,
'이 모든 것을 끝내기엔 아직 준비되지 않았다'는 미련.

생각해 보면 우리도 그런 순간이 있지 않나요?
놓아야 할 줄 알면서도,
그게 아쉬워서, 두려워서, 혹은 습관처럼 끌고 가는 것들.
관계든, 물건이든, 감정이든—
이미 끝났다는 걸 알면서도,
정리되지 않은 마음 때문에
한참을 더 안고 가는 시간.
그건 꼭 욕심이라기보다는,
내가 지켜온 무언가를 '포기한다'는 데서 오는
막막함일지도 모르겠어요.

하지만 결국,
무언가를 계속 붙잡고 있다는 건
다른 누군가가 잡아야 할 무언가를
내가 틀어쥐고 있는 것일 수도 있어요.
세상은 순환하니까요.
돌고 돌며, 필요한 사람에게 필요한 때에 가도록
모든 것은 흘러야 하잖아요.

행운이라는 것도 마찬가지예요.
가끔은 덤처럼, 뜻밖에 찾아오기도 하지만
그걸 붙잡고 놓지 않으려 할 때
그건 더 이상 '행운'이 아니라 '집착'이 되어버려요.
저는 더 이상 요행을 바라지 않아요.
단지,
내가 하루를 성실하게 살아냈다는 느낌.
그 하루를 진실하게 마무리할 수 있다는 안도감.
그것이면 충분하다고 생각해요.

누구나 자기 몫의 슬픔과 기쁨을 안고 살아가니까,
우리는 결국, 함께 나누며 사는 존재들이잖아요.
내가 받은 좋은 것들,
조금은 흘려보내야겠다고,

돌고 돌아 다시 나에게 올지도 모를 그 '순환'을
믿어보기로 해요.
그러니, 이제는 붙잡는 대신—
놓을 수 있는 용기를 내야 할 때인지도 모르겠어요.
나를 위해서도, 누군가를 위해서도.

🌸 **오늘의 말꽃** [당신의 마음에 피어나는 문장]

"이기심을 놓는 순간,
비로소 내 마음에도 바람이 들어옵니다."

네 번째 동화

<눈치 주머니>

말하지 못한 말들이 눌려 있던 곳

작은 마을에 아주 조용한 거북이 한 마리가 살았어요.
거북이 등에 짊어진 건 단단한 등껍질만이 아니었어요.
사람들의 표정, 말투, 눈빛, 그리고 아직 하지 못한 자신의 말들까지
전부 다 꾹꾹 눌러 담은 '눈치 주머니'도 있었죠.
반대로 거북이 친구인 토끼는 말도 많고 빠르고 행동도 빨랐죠.
빠른 토끼는 가끔씩 이런 거북이가 답답할 때도 있었지만,
은근 둘이는 잘 맞는 구석도 아주 많았죠.

모든 동물들이 모이는 가을 축제!
마을의 동물들은 산더미인 할 일을 나누려 한자리에 모였어요.
"그럼, 축제의 진행은 누가 할까요? 음식은 어떻게 할까요?"
종이에 적은 할 일을 보며 다람쥐의 말을 꺼냈죠.
"이번 축제는 작은 친구들이 맡아보는 건 어떨까요?
음식은 여기저기 다니며 열매가 많은 곳을 알고 있는~"
그렇게 많고 많던 할 일들은 토끼의 발 빠른 답변 덕분에
일사처리로 정리 끝!
준비하면서 서로 다투기도 했지만
다들 제 할 일을 열심히 챙겼죠.

"토끼 말만 들을 거면 혼자 다 하지? 뭐 하러 모인 거야?"
일은 귀찮아서 하고 싶지 않은 오소리는
오늘도 볼멘소리였죠.

그때 하마 아줌마가 말했어요.
"토끼의 말이 틀린 것도 없어.
덕분에 일이 잘 처리되어 좋아."
모두들 더는 할 말이 없어졌죠.
그래도 마음 한 구석에는 얄미운 토끼!
내 말엔 다들 토 달면서, 토끼 말은 다 맞장구네?
바짝 약 오른 오소리는
토끼의 옆에 항상 묵묵히 있는 저 거북이가 눈에 들어왔죠.
일부러 사람들 앞에서 큰소리로,
"거북이는 참 묵묵하고 조용해서 참 좋아.
넌 토끼가 말하는 게 다 좋아?"라며 말했어요.

사실 거북이도 같이 의견을 내고 싶었는데
차마 말을 할 수 없었어요.
토끼가 말하면 다들 동의했거든요.

'내가 그렇게 말하면 토끼가 난처하려나?
내가 오소리 편을 든다고 생각하려나?'

평소에 거북이는 생각이 많아져 무거워지면
등껍질로 옮겨 짊어졌어요.
그렇게 등껍질엔 작은 눈치 주머니가 생겼죠.

항상 이렇게 망설일 때마다, 말을 삼킬 때마다
등껍질은 무거워지고 허리가 아프고, 목이 굳고.
어느 날, 그 눈치 주머니가 너무 무거워져서
거북이는 넘어지고 말아요.
그때 누군가 말해요. "그거… 꼭 다 들고 다녀야 해?"
거북이는 끙끙거리며 숨을 꿀꺽 삼켰어요.

그걸 본 토끼는 거북이에게 다가와 대신 말했어요.
"무슨 소리야? 거북이는 항상 친구의 말을 다~ 들어주는
듬직한 친구거든. 그치?"
거북이는 천천히 일어섰어요.
주머니를 내려놓고 숨을 고르는데,
자신도 모르게 작은 소리가 나왔어요.
"사실… 전에 오소리의 생각에 동의했어.
나도 의견을 내고 싶었는데 순식간에 회의가 끝났거든.
아, 토끼, 네가 잘못했단 게 아니라,
다른 친구들 의견도 궁금했었다는 거야.
그런데…. 말하려니까 너무 많은 생각이 나서….
그냥, 참았어."

순간 숲속엔 침묵이 잠시 흘렀어요.
거북이가 길게 이렇게 얘기한 건 처음이었거든요.

토끼가 눈을 동그랗게 뜨며 말했어요.
"그런 생각을 하고 있었어?
그럼 그냥 말하지~ 내가 몰랐어. 말해줘서 고마워."
다람쥐가 웃으며 다가와 고개를 끄덕였어요.
"우리는 다 다르잖아. 빠른 토끼도, 조용한 거북이도,
누군가의 말이 전부가 아니라, 그 안에 있는 마음도 중요해."
그 말에 거북이는 처음으로
눈치 주머니에서 말 하나를 꺼내어 입 밖으로 내보았어요.
"고마워…. 나도, 내 말이 작지만 소중하다는 걸
이제 좀 알 것 같아."

그날 이후 거북이는 여전히 천천히 걷지만,
눈치 주머니를 조금 덜어낸 날은 허리가 한결 가볍고,
가끔은 자기 생각을 말하기도 했어요.

그리고 토끼는 그럴 때마다 말했죠.
"그래, 거북아. 네 말이 제일 따뜻해!
거북이 너의 조용한 말 한마디는,
진짜 마음이 들리는 말이더라. 항상 고마워."

🍀 타인에 대한 배려일까? 나의 소심한 태도일까?

나는 한때,
말이 많은 사람보다
말을 삼키는 사람이 더 믿음직하다고 생각했다.
표정을 읽고, 분위기를 살피고,
눈치껏 맞장구치며 조용히 미소 짓는 사람.
그런 사람이,
사람 사이를 부드럽게 연결하는 존재라고 믿었었다.
나 역시 그랬다.
회의 자리에서 "제 생각엔요…."라며 말을 꺼내기보다,
다른 이의 말이 끝나면 조용히 고개를 끄덕이는 쪽을 선택했다.

조심스럽고, 예의 있고, 신중하게.
그렇게 살아왔고,
꾹꾹 눌러 담은 말들이 내 등에 가방처럼 하나둘 얹혔다.
아니, 이제 생각해 보니 그건
'눈치 주머니'였는지도 모르겠다.
분위기를 어색하게 만들지 않기 위해,
괜한 갈등을 피하기 위해,
상대가 불편해하지 않도록….
"그냥, 내가 참고 말지."

"이 말은 안 하는 게 낫겠지."
"말해봤자 뭐가 달라지겠어?"
그때마다 나는,
내 안의 말 하나를 꺼내지 못한 채
다시 주머니 속에 넣었다.
그런 날들이 반복되면, 몸이 먼저 아프다.
어깨가 무겁고, 허리가 굽는다.
무거운 가방을 하루 종일 메고 있는 기분.

하지만 그 무게는 누구도 눈치채지 못한다.
왜냐고?
나는 늘 '괜찮은 척'을 너무 잘해왔으니까.

어느 날, 정말로 그런 일이 있었다.
회의 중 누군가 내 생각과 너무 다른 말을 했고,
다른 사람들도 그 말에 고개를 끄덕였다.
나는 가슴이 턱 막히는 것 같았지만,
아무 말도 하지 않았다.
대신 미소를 지으며, 조용히 메모만 했다.

그 회의가 끝난 뒤
한 동료가 다가와 이렇게 말했다.

"너도 그렇게 생각했지? 근데 왜 가만히 있었어?"
나는 대답하지 못했다.
그 순간 또 한 번,
말이 주머니 속으로 쑤욱— 들어가는 느낌이었다.

그날 밤, 집에 돌아와 거울을 보는데
왠지 모르게 어깨가 더 굽은 것처럼 느껴졌다.
내가 왜 그 말을 못 했을까.
왜 늘 조심해야만 했을까.
왜 '배려'라는 이름으로 내 생각을 덮어왔을까.

그때 문득,
내 안에 가득 차버린 눈치 주머니를
한 번쯤 열어봐야겠다는 생각이 들었다.
그 주머니엔
"그건 좀 불편했어."
"나는 다르게 생각해."
"그 말, 사실 서운했어."
…와 같은 문장들이 차곡차곡 담겨 있었다.
작지만, 내 진심이 담긴 말들.
언젠가는 누군가에게 꺼내 보여줄 수도 있었을 말들.

나는 그중 하나를 조심스레 꺼내어,
다음 날, 가까운 동료에게 건넸다.
"어제 그 말, 조금 불편했어.
말하긴 어려웠지만, 지금은 괜찮아.
그래도 내 마음은 말해보고 싶었어."
동료는 잠시 놀란 듯했지만, 곧 이렇게 말했다.
"말해줘서 고마워.
사실 너처럼 조용한 사람이 그런 말을 해주면
나는 더 진심이 느껴지더라."

그 순간,
주머니 속 무게가 조금 가벼워지는 느낌이었다.
그 이후로 나는 여전히 조심스럽다.
말도 많지 않고, 분위기를 여전히 살핀다.
하지만 가끔은 용기 내어 꺼낸다.
내가 참았던 말 하나,
작지만 진짜 내 마음이 담긴 문장 하나.
그것이, 나를 조금 더 가볍게 하고
내 존재를 조용히 드러내주는 말꽃이 되어준다.

❀ **오늘의 말꽃** [당신의 마음에 피어나는 문장]

"눈치를 보며 삼킨 말들이 있다면,
오늘은 그중 하나를 꺼내어
작지만 진짜 내 마음을 말꽃처럼 피워봐요."

🍀 말하지 못한 말들이 눌려 있던 곳

나는 어릴 때 말수가 적은 아이였다.
늘 그렇듯, 오늘도 발표 시간에는 손을 들지 않았다.
그저 옆 친구가 틀린 답을 말하지 않도록
살짝 팔꿈치로 신호를 줬다.
누구보다 정답을 많이 알고 있었지만,
나는 눈치가 먼저였다.

점점 '말하지 못한 말들'을 주머니 속에 꾹꾹 눌러 담았다.
그 주머니는 눈에 보이지 않지만, 마음은 점점 무거워졌다.
혼자 노는 게 편했고,
친구들 사이에 낄 때면 괜히 눈치가 보였다.

큰 소리로 발표하거나 나서는 걸 좋아하지 않았지만,
누군가 내 감정을 대신 말해주길 바랐다.
그런데 모두가 그런 나를 '조용한 아이'라고만 불렀다.
그 속엔 내 안의 목소리를 듣고자 하는 시선은 없었다.
나는 그렇게 '말하지 못한 말들'을
내 안에 눌러 담으며 자랐다.

그땐 몰랐다.

그게 습관이 되니, 나는 늘 '눈치 보는 아이'가 되어 있었다.
지금도, 무리 속에 있으면 자동으로 감정 온도를 살핀다.
나는 말하지 못하는 사람들의 마음을 더 잘 읽게 되었다.
이제는 그 아이들의 눈빛을 놓치지 않기 위해,
조용히 먼저 말을 건넨다.
그리고 지금, 그때의 나 같은 아이들을 만날 때면
조심스럽게 묻는다.
"너, 하고 싶은 말이 있었던 건 아니었니?"

❀ 오늘의 말꽃 [당신의 마음에 피어나는 문장]

"누르던 말들이, 지금은 조심스럽게
마음을 여는 말이 되었어요."

다섯 번째 동화

<리본 토끼와 큰 소리 염소>

목소리가 작아도, 내 마음은 작지 않아.

숲속 사무실에는 리본을 단 토끼가 일하고 있었어요.
그녀는 조용하고 정갈하게 일하는 성격이었고,
그 옆에는 큰 목소리의 염소가 있었어요.
거침없이 말하고, 직설적으로 표현하는 걸
염소는 '솔직함'이라 믿었어요.
매일 아침 리본을 달고 예쁘게 출근하는 토끼에게 염소는
"그 옷은 좀 유치하지 않아?"
"그 나이에 리본이라니 웃기잖아. 내 머리끈 선물해 줄까?"
"너랑 어울리는 걸 좀 해보는 게 어때?"
"회사에 패션쇼 하러 와?"
아침마다 사무실 떠나가라 큰 소리로 '솔직함'을 남발했죠.
동료들과 하하 웃으며 넘겼지만
토끼는 매일 속으로 작게 울었어요.

어느 날, 회의 시간에 염소가 큰 실수를 했지만
모두가 조용했어요.
큰 소리로 거침없이 말하던 염소의 목소리는 들리지 않았죠.
화난 사자 팀장의 날 선 말들만 회의실에 가득했어요.

결국 회의가 잠깐 중단된 사이
염소는 화장실에서 홀로 훌쩍였어요.
그렇게 염소가 자리를 비운 사이 토끼는

사자 팀장에게 차근히 상황 설명과 해결 대책을 설명하며
상황을 진정시켰어요.

사자의 화가 누그러지고 회의가 진행되자
염소는 풀이 죽은 채로 돌아와 앉았죠.
토끼를 중심으로 다시 시작된 회의는 순조롭게 끝났어요.
불같던 사자가 온화한 표정으로 토끼를 칭찬하고
돌아온 염소에게도 사과했죠.
"좋은 동기를 두어서 좋겠어요.
염소 씨 실수는 토끼 씨와 같이 잘 해결해서
다음 회의 때 보고받겠습니다."
그날 퇴근 길, 토끼가 처음으로 조용히 말했어요.
"내 리본은 나를 꾸미기 위한 게 아니라
제가 좋아하는 걸 저에게 선물하는 거예요.
오늘 하루 힘내고 잘 해내 보자고 다독이는 선물."
그 말에 염소는 아무 말도 하지 못했어요.
그때서야 모두가 알게 되었어요.
목소리가 크지 않고 조용한 사람도,
누군가보다 더 약한 게 아니라,
그저 자기만의 스타일이란 걸요.

🍀 나이에 맞게? 아니, 나답게가 정답이지!

아침 출근길.
사무실 문을 열며 인사를 주고받습니다.
"안녕? 오늘 기분 좋아 보인다!
옷이 밝으니까 사무실 분위기도 좋아져."
서로의 하루를 응원하는 인사로 시작하면 얼마나 좋을까요?

하지만 찬물을 끼얹듯, 누군가는 이렇게 말하지요.
"그 옷이 뭐니?"
"나이에 맞게 입어야지."
"머리에 리본은 좀 아니지 않니?"
그 말 한마디가 하루 전체에 그림자를 드리웁니다.

왜 당신의 기준으로 내 표현을 평가받아야 하죠?
소리치지는 않았지만, 내 안엔 분명한 감정이 일렁였어요.
그리고 곰곰이 생각했지요.
나이가 주는 품위는 단지 옷차림에 있는 게 아니에요.
말투, 시선, 태도까지도 함께 익어가는 게
진짜 나이 듦이 아닐까요?

우리는 자주, 너무 자주

누군가를 겉모습으로만 판단합니다.

내 중심은 '나'이듯,

그 사람의 중심도 '**그 사람**'임을 잊지 말아야겠지요.

그리고… 가장 중요한 것.

나이답게가 아니라,

나답게 늙어가고, 사람답게 익어가야 한다는 것.

❀ **오늘의 말꽃** [당신의 마음에 피어나는 문장]
"나이에 맞게보다, 나답게가 나를 더 빛나게 해요."

🍀 내 몸은 나의 목소리다

숏컷 머리를 하고, 바지를 입은 딸아이.
교복 위에 야구 점퍼를 걸치고, 신발은 운동화.
누군가 말한다.
"여자애가 왜 이렇게 하고 다니니?"
"긴 머리가 훨씬 예쁜데."
"여학생답게 좀 입지."
예쁜 게 기준이라면,
누구의 예쁨인가요?
내가 느끼기에 불편하면, 그건 예쁜 게 아니지요.

딸은 말합니다.
"나는 내 머리를 좋아해요.
가볍고 시원하고, 나랑 어울리니까요."
그 말을 듣는 순간, 웃음이 났습니다.
그래, 자신을 사랑하는 사람은 타인의 기준에 휘둘리지 않지.
사실 저도 그랬어요.
직장에서 밝은 립스틱을 바른 날엔,
"오늘은 무슨 날이야?"
청바지를 입은 날엔,
"편하게 입었네~"

아무렇지 않은 말처럼 툭 던져진 말들이
왜인지 내 선택을 점검하게 만들곤 했지요.

하지만 이제는 압니다.
옷차림은 말 없는 언어이고,
머리 스타일은 나의 취향이자 태도라는 걸.

누군가의 기준 속에서 사는 삶은
늘 수정되고, 덧칠되고, 지워집니다.

이제는 나도 딸처럼 말할 수 있어요.
"나는 이게 좋아요. 나랑 잘 어울리거든요."
그 한마디가, 나를 나답게 만들어줍니다.
내 몸은 나의 목소리입니다.
오늘의 나를 설명하는, 조용하지만 분명한 외침이지요.

> ❀ **오늘의 말꽃** [당신의 마음에 피어나는 문장]
> "내 몸은 나의 목소리다.
> 조용하지만 분명한, 오늘의 나를 말해주는 언어."

2부

관계 속의 거울

"너와 너 사이에서 생겨나는 감정"
"내 반응의 패턴"
"비판단적 태도와 자기-자비(Self-compassion)"

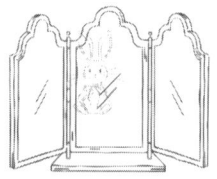

우리는 누구나 거울을 들고 살아갑니다.
가족, 친구, 연인, 동료…
누군가와 마주할 때마다 우리는
자신도 몰랐던 마음을 비춰보게 되지요.
그 거울 속엔 사랑도, 질투도, 기대도, 서운함도 담깁니다.
때론 그 감정들이 엉켜, 관계 속에서 나를 잃기도 하고
다시 나를 발견하기도 하지요.
이야기 속의 등장인물들은 모두
자신과 누군가 사이에서 흔들리고 부딪히며
'나답게 존재하는 법'을 찾아가는 중입니다.
누군가에게 휘둘리지 않으면서,
내 마음을 그대로 지켜내는 연습─
그게 바로 관계 속에서의 마음챙김 아닐까요?
"관계는 나를 비추는 거울입니다."
그 거울을 피하지 말고, 조심스레 들여다보세요.
거기엔 진짜 내가 있어요.

여섯 번째 동화

<나팔수>

말소리로 다친 상처의 흉터

마을에 '나팔수'라 불리는 이가 있었어요.
마을 사람들의 모든 비밀을 알고 있는 이였죠.
처음엔 정말 신기했죠.
"어떻게 알았지?"
"혹시 내가 했던 말도 들렸나?"
그가 말한 건 이런 이야기들이었어요.
"누구네 부부 요즘 사이 안 좋아. 말도 안 한대."
"저 집 아저씨, 예전에 감옥 갔다 왔대."
"기러기 아빠가 딴살림 차렸다더라."
진실보다는 자극적인 말이 더 많은 이야기들.
확실하진 않지만, 그럴듯해서 더 끌리는 말들.
사람들은 걱정 반, 궁금증 반으로 귀를 기울였어요.

어느새 마을 광장에는 매일 사람들이 모였고,
나팔수는 점점 더 주목을 받았죠.
관심은 중독이었어요.
사람들의 눈빛과 반응에 신이 난 나팔수는
더 자극적인 말들을 만들어내기 시작했죠.
"그 집 딸은 학교를 그만뒀대."
"누가 누구를 흠모한대."
"돈 문제로 싸움이 났대."
진실인지 확인할 틈도 없이 퍼져 나가는 이야기들.

하지만 사람들은 멈추지 않았어요.
재미있고, 흥미롭고,
남의 이야기라서 더 쉽게 들을 수 있었죠.

어느 날부터 마을 곳곳에서 이런 말이 들리기 시작했어요.
"어떻게 그런 말을 할 수가 있어?"
"그 얘기, 사실이 아니었대."
"나도 모르게 상처를 줬나 봐…."
사람들은 하나둘 대문을 닫고, 창문을 닫았어요.
말 한마디가 관계를 무너뜨린다는 걸
이제야 알게 된 거예요.

결국, 마음의 문도 닫혀버렸죠.
그리고 마침내,
사람들은 나팔수의 소리마저 듣지 않게 되었어요.
그 마을은 어느새…
소리 없는 어둠 속, 마음의 암흑이 되고 말았어요.

❀ 말은 사람을 떠나게도 합니다.

우리는 자주 '솔직한 말'이 중요하다고 말해요.
하지만 그 말이
누군가의 마음에 상처가 되기도 한다는 걸
잊을 때가 많습니다.
나팔수는 늘 말이 앞섰어요.
상대의 마음을 기다리지도, 헤아리지도 않고
툭툭— 아무 말이나 던졌죠.
그 말은 처음엔 웃음이 되었지만,
곧 불편함이 되고,
끝내 사람을 떠나게 만들었습니다.
말을 많이 한다는 건
늘 솔직하다는 뜻이 아니에요.
때로는
생각 없이 쏟아내는 말이
가장 큰 무례가 되기도 하죠.
관계는
말로 시작되지만,
말 때문에 끝나기도 합니다.
나팔수는 몰랐어요.
자신의 말이 얼마나 가벼웠는지,

그 말들이 사람을 얼마나 무겁게 했는지.
그리고…
그가 깨달았을 땐
곁에는 아무도 남아 있지 않았습니다.
이 수필은,
말이 얼마나 관계에 영향을 미치는지
조용히 경고합니다.
말은 가벼워야 흘러가지만,
가벼워 보이지만 마음에는 무겁게 남습니다.

당신의 말은
사람을 향해 닿고 있나요,
아니면 사람을 밀어내고 있나요?

❀ **오늘의 말꽃** [당신의 마음에 피어나는 문장]
  "말은 진심을 담아야 하며,
   진실은 책임과 함께 전해져야 합니다."

🍀 말 한마디의 무게
　　―말은, 내가 있어도 없어도 남는다.

어느 모임에서,
나는 말들 사이에서 오해가 생기지 않길 바랐고
누구의 편도 들지 않은 채
중간에서 조용히 마음을 들어주었다.
마음을 담은 채로 있어주었다고 해서 진전되진 않았다.
더 나아지길 바란 마음으로 입을 열었다.
그저 그 순간은 괜찮아 보였다.

하지만 시간이 흐른 뒤,
둘 사이에 오해가 더 깊어졌고
나는 '믿을 수 없는 사람'이 되어 있었다.
그저 모두가 불편하지 않기를 바랐을 뿐인데
결과적으로는 누구에게도 믿음을 주지 못한 사람이 되었다.
지금은 안다.
말은, 내가 있어도 없어도 남는다.
그래서 더 조심스러워야 한다는 것을.
때로는 침묵보다,
한마디가 더 큰 파장을 남기기도 한다는 것을.

❀ **오늘의 말꽃** [당신의 마음에 피어나는 문장]

"내가 있어도 없어도, 말은 남아 그 자리를 채워요."

일곱 번째 동화

<뾰쪽한 마음 vs. 부드러운 마음>

내게 소중한 건 남에게도 소중해요.

숲속 음악회가 열리는 날.
여러 동물 가족들이 한자리에 모였습니다.
모두들 마음껏 꾸미고,
자랑스레 자신의 아이들을 소개했어요.
"우리 아기 양은 털이 얼마나 부드러운지 몰라요~
매일 빗질만 해도 기분이 좋아요."
"우리 아기 염소는 뿔이 돋아나고 있어요. 너무 늠름하죠?"
"우리 아기 고슴도치들 좀 보세요.
아직은 가시도 말랑말랑하답니다~"
올망졸망 아이들, 서로의 다름을 신기해하며 어울리고,
어른들은 박수 치며 음악회를 즐기고 있었어요.

그때, 어디선가 날카로운 비명이 울렸어요.
"아야!!"
소리를 따라가 보니,
아기 토끼가 어깨를 감싸 안고 울고 있었고,
어깨에는 작은 상처가 있었어요.
놀란 아빠 토끼가 분노하며 소리쳤어요.
"누가 우리 아기에게 상처를 낸 거야?
이 많은 동물들 중 누구야?"
모두의 시선이 가시가 있는 고슴도치와,
뿔이 있는 염소에게 향했어요.

"가시나 뿔이 아니면 이렇게 긁힐 리 없잖아!
너희 둘 중 하나지?"
아빠 토끼의 단정적인 말에 숲속은 갑자기 조용해졌어요.
그러자 고슴도치 엄마가 단호히 말했어요.
"우리 아기들은 아직 아기예요.
가시도 이렇게 말랑말랑하단 말이에요. 절대 아닙니다."
그러자 염소 엄마는 조용히 다가와
아기 토끼의 어깨를 살피며 말했어요.
"아이고, 괜찮니, 아가? 얼마나 놀랐을까….
우선 정말 미안해요. 제가 우리 아이에게 물어볼게요."
한쪽은 억울하다는 항변, 다른 쪽은 먼저 다가가는 사과.

잠시 후,
엄마들은 아이와 조용히 대화를 나누고 돌아왔고,
고슴도치 중 한 아이가 작게 손을 들었어요.
"미안해… 나야.
연주회가 너무 안 보여서 형아 위에 올라탔다가,
그만 넘어졌어. 그때 내 가시가 너한테 스친 것 같아….
정말 미안해."

숲속은 다시 조용해졌고, 이내 아기 토끼가 말했어요.
"괜찮아. 아팠지만… 지금은 네가 말해줘서 괜찮아졌어."

서로 다른 몸을 가진 아이들.

다름은 상처가 되기도 하지만,

진심은 그 상처를 따뜻하게 감싸줄 수 있었어요.

토끼 엄마도 사과해 준 어린 고슴도치에게

괜찮다며 다독였죠.

고슴도치 엄마는 할 말을 잃었습니다.

그저 푹 익은 얼굴을 뾰족한 가시로 덮어버렸죠.

🍀 서툰 표현, 부드러운 사랑

엄마는 말이 많지 않았어요.
잔소리도, 칭찬도,
걱정이나 조언조차
입 밖에 내는 일이 드물었죠.
그래서 어릴 땐
"엄마는 나한테 관심이 없나 봐…."
하고 생각했어요.

반면 친구의 엄마는
부드럽게 말을 건네고,
매일 다정하게 안아주고,
자주 "사랑해"라고 말해줬어요.
그게 '좋은 엄마'의 모습인 줄 알았죠.

하지만 세월이 흐르고
나도 엄마가 되어보니—
그 말 없는 시간이
얼마나 큰 품이었는지 알게 되었어요.
엄마는 늘 곁에 있었어요.
말없이 기다려주고,

조용히 챙겨주고,
내가 꺼낸 말들을 조심스럽게 다뤄주었죠.
그건 말보다 깊은 기다림의 언어,
소리 없는 감싸줌의 표현이었어요.
우리는 가까운 사람일수록
말에 힘이 실리기 마련이에요.
그래서 더 자주 상처 주고,
더 자주 뾰족해지기도 하죠.

하지만 엄마는
그 뾰족한 순간들 속에서도
나를 탓하지 않았고,
더 다그치지도 않았어요.
그저 조용히,
내 곁을 지켜주었어요.
말보다 먼저 닿는 사랑이 있어요.
소란스럽지 않고,
그러나 가장 오래 남는 온기.
그게 바로
엄마가 내게 보여준 사랑이었어요.
오늘도 말은 서툴고,
마음은 아직 뾰족할 때가 있지만

그 사랑을 기억하며
나도 누군가를 조용히 안아줄 수 있기를 바라요.

말 없는 품에서 피어난
가장 따뜻한 말꽃 한 송이를—
이 수필 위에 살짝 놓아봅니다.

> ❀ **오늘의 말꽃** [당신의 마음에 피어나는 문장]
> "마음을 꺼내는 건 늘 어색하고 어렵지만,
> 솔직한 말 한마디가 관계를 더 따뜻하게 만들어요."

❀ 엄마보다 더 부드러운 마음

초등학교 1학년 1반 교실.
어느 날 선생님에게 전화가 왔다.
"재민이랑 짝꿍이 됐어요.
다른 아이들은 다 싫다고 해서…
그런데 따님이 '자기가 하겠다'고 했어요."

그 아이는 조금 산만하고, 엉뚱한 말도 많이 하고,
수업 시간에 집중하기 어려운 친구라고 했다.
그래서 짝꿍이 자꾸 바뀌었고,
결국 아무도 짝이 되려 하지 않았다고 했다.
전화를 끊고 한참을 고민했다.
'우리 아이 수업에 방해가 되진 않을까?'
'그냥 정중히 선생님께 말씀드릴까?'
엄마로서 걱정이 앞섰다.

그런데 아이는 말했다.
"엄마, 아무도 안 하려고 해서…
나라도 해야 될 것 같았어."
조금은 힘들다고 했다.
수업 중에 떠들고, 엉뚱한 행동도 많아서

손이 많이 간다고 했다.
그런데도 꾹 참고, 끝까지 짝으로 남아 있었다.

나는 순간
'엄마보다 아이가 더 어른스럽다'는 생각이 들었다.
나는 뾰족한 마음으로
효율과 성과, 방해와 피해를 먼저 생각했지만
아이의 마음은 그보다 훨씬 부드러웠다.
혼자 있는 친구를
안쓰럽게 바라볼 줄 아는 마음.
그 자리에 조용히 손을 내밀 수 있는 용기.

그날 이후,
나는 아이에게 "잘했다"라는 말보다
"네 마음이 정말 예쁘다"라는 말을 더 자주 하기로 했다.
우리는 종종 너무 뾰족하게 세상을 보지만,
아이들은 여전히 부드러운 시선으로 세상을 안는다.
그리고 그게
진짜 어른이 되어가는 길일지도 모른다.

❀ **오늘의 말꽃** [당신의 마음에 피어나는 문장]

"뾰족한 세상 속에서도,
아이의 마음은 부드럽게 피어나고 있었어요."

여덟 번째 동화

<화려함 속의 진실>

겉으로 보이는 반짝임 너머에, 진짜가 있었어요.

아름드리 멋진 나무 위,
반짝이는 햇살이 내려앉은 잎사귀 사이로
여러 나비와 곤충들이 모여드는 작은 숲이 있었어요.
그 숲엔 언제나 웃음소리와 날갯짓이 가득했죠.
나비들은 서로의 날개를 자랑하며,
꿀을 나누고 이야기를 나누곤 했어요.

그러나 그 평화로운 순간을 위협하는 존재가 있었어요.
바로, 조용히 숨어 있는 거미였죠.
거미는 잎사귀 틈에 조용히 숨어
먹이를 기다리고 있었어요.
그건 아무도 몰랐죠.
나비들도 몰랐고, 숲속 친구들도 알지 못했어요.

그때 갑자기, 카멜레온이 나타났어요!
언제 어디서든 모습을 바꾸는 카멜레온은
평소에도 좀 수상한 녀석이었기에,
숲속 친구들 사이에서도 늘 경계 대상이었죠.
그 카멜레온이 갑자기 나비의 날개를 덮으며
덥석 껴안는 거예요!
주변 친구들은 놀라고,
나비는 너무 놀라 기절해 버렸어요.

나비가 깨어났을 땐
나무의 조용한 구멍 안, 어두운 곳이었어요.
"이게 뭐야? 왜 이래? 나한테 왜 이런 거야!"
분노와 두려움이 뒤섞였죠.
그러자 카멜레온이 조용히 말했어요.
"뒤에 거미가 있었어. 설명할 틈이 없었지.
그래서 바로 색을 바꾸고 널 감쌌어.
정말 놀랐지? 미안해."

그 진심 어린 설명에 나비는 당황했지만 곧 이해했어요.
곧이어 이 이야기는 숲 전체로 퍼졌습니다.
늘 수상하게만 보였던 카멜레온이
실은 '숨은 영웅'이었던 거죠.
진심은 결국, 겉모습으로 인한 소문보다 강하게 전해졌어요.
하지만 그 장면을 나무 밑동에서 엿듣고 있던 능구렁이는
질투와 심술이 피어올랐어요.

"카멜레온이 영웅? 오호라.
그럼 나도 카멜레온처럼 하면 되는 건가?"
그는 속으로 중얼거리며 슬그머니 움직이기 시작했죠.
능구렁이는 몰래 알을 훔쳐가 놓고
들킬 때마다 카멜레온을 따라 했죠.

"내가 알을 훔쳤다니 무슨 말이야? 대신 지켜준 거지~"
"아~ 너무 높은 곳에 있길래, 내가 내려준 거지~"
"다른 엄~청 큰 구렁이가 오길래 내가 미리 치웠어."
능구렁이는 늘 위선적인 얼굴로 혀를 날름거렸죠.

카멜레온을 따라 하며 이유가 있었던 것처럼
그럴싸하게 말하긴 했지만 진심까지는 따라 하지는 못했죠.
겉으로는 친절하지만, 속으로는 늘 계산을 굴리며
다른 이들의 불안한 틈을 노렸죠.

그런 능구렁이의 태도를 잘 아는 느티나무는
묵묵히 고개를 끄덕이며 중얼거렸어요.
"진심은 결국, 빛처럼 드러나는 법이지…."

❀ 겉모습이 내가 아니잖아요.

카멜레온은 늘 변신이 능숙했어요.
상대의 색에 따라, 분위기에 따라,
필요한 만큼 자신을 바꾸는 데 익숙했죠.
그래서 사람들은 말했어요.
"와, 적응 잘하네!"
"분위기 파악 최고야!"
"눈치가 빠르다니까!"
그런데 아무도 몰랐어요.
그 속에 얼마나 자주 진짜 마음을 숨겼는지,
얼마나 자주 솔직함을 미뤘는지.

우리는 종종
나를 지키기 위해
'변신'이라는 선택을 합니다.
불편함을 피하고,
상처받지 않기 위해서.
그리고 때로는,
그게 최선일 때도 있죠.
그렇다고 해서
진심이 없는 건 아니에요.

그저, 아직 꺼낼 수 없을 뿐.
아직은 말하지 못할 뿐.
우리 모두 그런 시기가 있었죠.
눈치를 보며 감정을 접어두고,
괜찮은 척하며 살아냈던 시간들.

그러니 만약,
그 친구가 끝내 본모습을 보여주지 않았다 해도—
그건 미완성이 아니라
그 사람의 진짜 현재일지도 몰라요.
진심은,
항상 드러나는 건 아니에요.

하지만 그렇다고 해서
존재하지 않는 건 아니죠.
당신의 마음 어딘가에도
아직 꺼내지 못한 말 하나,
숨겨둔 색 하나쯤은
남아 있을지도 몰라요.
그걸 누군가 알아봐 주기를,
조용히 기다리는 마음도 있으니까요.

그래서 오늘,

그 변신조차 이해받기를 바라며

말꽃 하나, 가만히 놓아봅니다.

❀ **오늘의 말꽃** [당신의 마음에 피어나는 문장]
"진심은 결국, 빛처럼 드러난다."

🍀 유연하게 살아간다는 것

사람들은 말한다.
"걔는 능구렁이야."
"쟤는 카멜레온처럼 자기 색이 없어."
그리고 웃는다. 마치 아무렇지 않다는 듯이.
그 말 안에는 유연하게 살아가려는 사람들에 대한
조롱이 숨어 있다.

하지만 나는 안다.
정말 그런 삶을 살아본 사람은 얼마나 많이 참아야 하는지,
얼마나 마음을 접어야 하는지, 그리고 얼마나 외로운지를.
나는 그저, 누군가를 상처주고 싶지 않아서 모서리를 깎고,
말끝을 조절하고, 분위기를 살피며 살아왔다.
매 순간 나에게 주어진 자리를 지키려고 애썼을 뿐이었다.

> 🌸 **오늘의 말꽃** [당신의 마음에 피어나는 문장]
> "나의 색을 자랑하지 않고, 배려해 주는
> 부러지지 않기 위해, 부드러워지기로 선택한 사람들."

아홉 번째 동화

<쿨가이 늑대>

솔직함과 무례함은 다릅니다.

몸집이 크고 어깨도 떡 벌어진 늑대는
스스로를 꽤 멋지다고 여겼습니다.
다른 동물들보다 성숙해 보이는 외모,
자신감 넘치는 말투,
눈빛 하나로 기선을 제압할 줄 아는
그 자신이 자랑스러웠지요.
"난 뒤에서 말 안 해.
다 앞에서 말해.
그게 진짜 쿨한 거지!"
그의 말에 주변 친구들은 어색하게 웃거나,
박수를 쳤습니다.
사실 그가 하는 말이 거슬릴 때도 있었지만,
혹시라도 그 화살이 자기에게 돌아올까 봐
애써 맞장구치고 말았지요.
하지만 시간이 지날수록,
늑대의 말은 점점 더 거칠어지고,
개성도 존중하지 않으며 외모 지적까지
친구들을 함부로 대하는 태도를 서슴지 않게 되었어요.
"너 귀 왜 그렇게 길어?"
"앵무새는 원래 그렇게 목소리 크냐?"
"그건 너무 오버 아니야?"
"하긴, 너 스타일이 원래 좀 촌스럽긴 해."

늑대는 자신이 남들과는 다르다고 생각했어요.
조금 거칠어도 솔직한 게 좋은 거라고.
눈앞에서 할 말 다 하는 자신이,
뒤에서 수군거리는 동물들보다 훨씬 정의롭다고 믿었습니다.
늑대는 점점 더 거친 말로 무장한 막말 대장이 되었지요.
하지만 정작 다른 동물들은
이런 불편한 진실을 아무도 말해주지 않았죠.
진짜 쿨함은, 솔직함이 아니라 배려에서 나온다는 걸.

늑대는 자신이 무심코 던진 말이 누군가에겐
하루를 망칠 만큼의 충격일 수도 있다는 걸 알지 못했어요.
자신은 그냥 '쿨한 농담'을 한 건데,
그 말이 상처로 남아
밤새 울게 만들 수도 있다는 걸 몰랐죠.
칼로 찔린 상처는 약이라도 바를 수 있어요.
하지만 말로 베인 상처는
아무리 시간이 지나도 약이 잘 듣질 않아요.

늑대는 점점 외로워졌습니다.
그의 곁에 있었던 친구들은 하나둘씩 멀어졌고,
자신의 말이 웃음이 아닌 상처였음을 알게 되었을 땐
이미 너무 많은 관계가 끊어진 뒤였습니다.

❁ 너의 솔직함은 누군가의 상처였다.

"나는 솔직할 뿐이야."
"난 뒷담화 안 해. 앞에서 다 말하지."
그렇게 시작된 말은,
종종 누군가의 마음을 찢어놓고 맙니다.
그는 자신을 '쿨하다'고 말했어요.
감정에 흔들리지 않고,
정면으로 말할 줄 아는 사람이라고 자부했죠.

하지만 그 말끝엔 날이 서 있었고,
표정엔 비웃음이 묻어 있었고,
말하는 태도엔 타인을 향한 존중이 없었어요.
자신의 말이 누군가에게 상처가 되었을 거란 생각은
단 한 번도 하지 않았고,
오히려 "기분 나쁘면 네 문제 아냐?"라고 말하곤 했죠.

그는 자신이 멋지고 특별하다고 믿었어요.
그래서 남의 감정을 배려하는 일은
'쪼잔한 사람들'이나 하는 거라 여겼죠.
진짜 쿨함이란,
무례함을 정당화하는 방패가 아닙니다.

솔직함이라는 이름으로 상처를 주고도
책임지지 않는 태도는,
쿨한 게 아니라 교만일지도 몰라요.
당신이 솔직하다고 말하는 그 순간,
누군가는 마음속으로 상처를 받고 있어요.

쿨한 척하지 않아도 괜찮아요.
그보다 더 멋진 건
따뜻한 배려와 조용한 존중이니까요.
오늘,
말의 태도를 다시 들여다보며
조용히 말꽃 하나 피워봅니다.

❀ **오늘의 말꽃** [당신의 마음에 피어나는 문장]
"웃음 뒤에 감춘 그 말,
누군가의 마음에 흉터가 되었다."

🍀 나는 그냥 솔직한 사람일 뿐이야?

회사 점심시간,
팀원들이 모여 앉아 메뉴를 고르고 있었다.
늘 말이 많은 선배 K가 말했다.
"아, 그 집은 별로야. 너 거기 좋아해? 입맛이 좀 특이하네."
분위기가 잠깐 싸해졌지만, 그는 웃으며 말했다.
"아, 나 솔직한 거 알잖아. 기분 나빴어?
미안~ 근데 난 진짜 그런 거 숨기고 못 살아."

그날 이후, 그 말을 들은 동료 J는 말수가 줄어들었다.
"미안하다고 했잖아?"라는 말에
더는 아무 말도 하지 않았다.

'솔직하다는 건, 내 생각을 있는 그대로 말하는 거지.
그게 왜 나빠?'
그는 여전히 이렇게 생각한다.
하지만 누군가는
그 '쿨한 말' 한마디에
자기 존재를 가볍게 여겨졌다고 느낀다.

❀ **오늘의 말꽃** [당신의 마음에 피어나는 문장]

"솔직함은 '진실'이 아니라,
'배려 없는 표현'일 수도 있어요."

열 번째 동화

<무지개 양말과 회색 교실>

다름은 틀림이 아니에요.

초등학교 2학년 3반.
아이샤는 조용히 교실 문을 열고 들어왔어요.
갈색 피부, 곱슬머리, 그리고 알록달록한 무지개 양말.
"안녕, 나는 아이샤야."
작은 목소리로 또박또박 인사를 했지만
아이들은 그냥 고개만 끄덕였어요.
쉬는 시간, 누군가 속삭입니다.
"쟤는 왜 맨날 이상한 양말만 신지?"
"말도 이상해. 이름도 어려워."
아이샤는 아무 말 없이 자신의 자리에 앉아
조용히 색연필을 꺼냅니다.
무지개색 연필, 황금색, 밤하늘색, 모래색….
그건 아이샤가 좋아하는 세상의 색깔들이에요.

다음 날, 선생님이 말합니다.
"오늘은 '우리 가족'을 그려볼 거예요."
아이들은 똑같이 엄마, 아빠, 동생을 그리고,
그림 옆에 설명을 덧붙였어요.
아이샤는 아주 천천히,
커다란 접시와 여러 나라 음식,
그리고 웃고 있는 가족을 그렸어요.
그림 맨 아래에는 조용히 이렇게 써두었죠.

"우리 가족은 6개 나라의 음식을 함께 먹어요."
그날 점심시간. 하연이가 아이샤에게 물어봤어요.
"이거 진짜야? 너희 집에 이렇게 많은 음식이 있어?"
아이샤는 고개를 끄덕였어요.
"엄마는 필리핀, 아빠는 파키스탄, 나는 한국에서 태어났어."
처음으로 아이들이 아이샤에게 몰려들었어요.
아이들은 한 번도 들어본 적 없던 이야기에 쏙 빠져들었죠.
엄마의 나라, 아빠의 나라 이야기를 하며
눈을 빛내는 아이샤의 자리에
아이들은 쉬는 시간마다 도란도란 둘러앉았어요.

어디에도 물들 수 없을 것만 같았던 제 알록달록한 양말이
회색 교실에 어우러지는 것 같아
아이샤도 행복했어요.

그날 이후,
아이샤의 무지개 양말은
"특별한 이야기의 시작"이 되었어요.

🍀 내가 다르다는 건, 내가 틀렸다는 뜻이 아니에요

어릴 때, 나는 다른 지역에서 전학을 갔어요.
말투가 다르다는 이유로 놀림을 받았고,
엄마가 싸준 도시락 반찬에서
"전라도 특유의 젓갈 냄새가 난다"라는 말이
날카롭게 꽂혔던 기억이 있어요.
그날 나는 점심을 먹지 않았어요.
그때 알았죠.
사람은 자신이 다르다는 걸 느낄 때 가장 작아진다는 걸요.
하지만 아이샤처럼,
나도 언젠가 나의 '다름'을 이야기할 수 있었더라면
조금은 덜 외로웠을까요?

지금 나는 상담실에서 '다름 때문에 힘든 사람들'을 만나요.
그들의 마음에는 언어로 설명할 수 없는 고립감이
조용히 내려앉아 있지요.

다름은 틀림이 아니에요.
그건 단지, 세상을 더 다채롭게 만들어주는 색깔이에요.
어쩌면, 우리 모두의 발끝에도 보이지 않는
무지개 양말이 한 짝쯤은 있었는지도 몰라요.

❀ **오늘의 말꽃** [당신의 마음에 피어나는 문장]

"우리 모두의 발끝엔,
  보이지 않는 무지개 양말이 하나쯤 있었을 거예요."

🍀 우리 반엔 세계가 있어요!
—다름이 틀림이 아닌 순간, 세상은 조금 더 따뜻해져요

나희는 베트남인 엄마와 한국인 아빠 사이에서
태어난 아이예요.
영어도 잘하고, 베트남어도 술술,
게다가 성격도 밝고 붙임성도 좋아서
선생님들도 예뻐하고, 친구들도 처음엔 신기해했죠.
하지만 시간이 지나면서
어딘가 묘한 분위기가 생겼어요.
"영어 발음 좀 이상하지 않아?"
"왜 이렇게 반에서 동남아 느낌 나냐?"
"냄새도 뭔가… 우리 반에서만 나지 않아?"
"그치, 얘들아?"
누가 먼저 말한 건지도 모르게
친구들 사이에 그런 말들이 웃음처럼 퍼졌어요.
그때 정우가 말했어요.
"좋네! 돈 들여서 해외 안 가도 되잖아.
우리는 그냥 앉아 있어도 세계 한가운데네.
나희 덕분이지. 그지 얘들아?"
아이들은 웃었고, 분위기가 바뀌었어요.
나희는 말은 하지 않았지만,

그날은 점심도 잘 먹었고,
표정도 훨씬 편안해 보였어요.

다름이 틀림은 아니에요.
누군가는 삐딱하게 보지만,
누군가는 다정하게 봐줘요.
세상이 그렇게 조금씩
살 만한 곳이 되는지도 몰라요.

❀ **오늘의 말꽃** [당신의 마음에 피어나는 문장]

"우리 반엔 세계가 있어요.
다름이 모여 만든 다정한 풍경."

3부

가족, 가장 가까운 거리에서

"너무 가까워서 더 아팠다면, 그건 네 잘못이 아니야."
"서로 표현이 서툴렀을 뿐!"

가족은,
늘 곁에 있다고 해서 가까운 것도,
멀리 있다고 해서 멀어진 것도 아니에요.
때론 말 한마디보다
한 번의 눈빛,
아무 말 없는 뒷모습이
더 깊은 울림으로 다가오기도 하지요.
우리는 각자의 방식으로 사랑하고,
각자의 거리에서 마음을 주고받습니다.
이 이야기들은
피를 나누지 않아도,
말을 하지 않아도,
서로의 존재만으로 이어진 관계들에 대한 작은 기록입니다.
울타리 같던 누군가,
너무 멀어서 잊은 줄 알았던 그 사람,
혹은 나도 몰랐던 내 마음이
조용히 말꽃처럼 피어나기를 바랍니다.

열한 번째 동화

<무촌 부부>

하나 되려고, 부딪치고 배우는 사이

예나와 준호는 결혼한 지 23년째 부부다.
누군가 "너희는 부부니까 가족이지?"하면,
예나는 생각한다.
"부부는 가족이긴 한데… 피 한 방울 안 섞인.
그런데 가장 가까운, 세상에서 유일한 무촌 사이."
신혼 초. 모든 게 사랑스러웠다.
함께 밥 먹고, 같이 마트 가고, 같은 드라마를 보고,
모든 순간이 하나가 되는 것 같았다.
24시간을 함께하기 시작하니
모르는 게 없었고, 보지 못하는 게 없었다.
그렇게 이내 사소한 차이들이 드러났다.
준호는 말을 아꼈고, 예나는 감정을 바로 표현했다.
예나는 계획적이고, 준호는 즉흥적이었다.
"왜 이렇게 말을 안 해?"
"너는 왜 항상 감정적으로 굴어?"
둘은 자주 다퉜다.
결혼한 사이지만, 여전히 '낯선 타인'이었기에.

하지만 시간이 흘렀다.
아이들이 생기고, 회사 일이 바쁘고,
서로에게 점점 익숙해졌다.

그러다 어느 날,
은퇴를 앞두고 둘만의 시간이 많아졌을 때
다시 부딪히기 시작했다.
"이젠 좀 맞춰줄 때도 됐잖아."
"그게 나한텐 불편해."

그때 예나는 문득 생각했다.
"우린 평생 하나가 되려고 너무 애썼던 거 아닐까?
그냥… 다른 둘이 나란히 걸어가는 것도 괜찮은데."
그날 밤, 준호가 말했다.
"요즘은 싸우는 것도 좀 귀찮다."
예나는 웃으며 말했다.
"그래도 예전엔 싸우기라도 했지.
그게 우리 식의 사랑이었어. 열심히 싸운 보람이 있네."

🍀 하나가 되려다 부딪친 우리
—이젠 다름을 인정하는 사이

결혼은 '같이 살자'고 결정하는 일이다.
그런데 그 안엔 너무 많은 착각이 숨어 있다.
'같이 살면 이해할 수 있을 거야.'
'내 사람이라면 나처럼 생각하겠지.'
'사랑하면 하나가 되겠지.'

하지만, 아니다.
사랑하는 사람과도 다를 수 있고, 달라야 한다.
나는 신혼 때 그걸 몰랐다.
그래서 자주 다퉜고, 그 다툼은 사랑해서 그런 줄 몰랐다.
그건 서로를 더 알고 싶다는 신호였는데
우리는 그걸 서로의 흠집으로 받아들였다.

지금은 안다.
서로 너무 달라서 힘들었던 그 시간이
우리 부부를 여기까지 데려다주었다는 걸.

부부는 매일 새로워진다.
늙으면서도 여전히 낯선 게 인간이다.

그래서 이 관계는 늘 다시 배워야 한다.

하지만 다행이다.

이젠 우리가 참는 법을,

다투지 않아도 말하는 법을 조금은 알게 되었으니까.

🌸 **오늘의 말꽃** [당신의 마음에 피어나는 문장]

"닮으려다 다퉜던 우리,
이제는 다름을 배우며 함께 걷고 있어요."

❀ 무촌 부부, 사랑의 시작점

"자기는 나 얼마나 좋아해?"
"세상에서 누가 제일 좋아?"
연애를 할 땐, 왜 그렇게 자꾸 묻게 되는 걸까.
사랑을 확인받고 싶었던 걸까?
확신이 부족해서였을까?
결혼하고 나면 그런 질문도 사라질 줄 알았지만,
어떤 날엔 여전히 마음 한편이 궁금해진다.
그래서 농담처럼 말한다
"남편은 원래 내 편이 아니래~"
'남'과 '님'의 차이처럼, 아주 작은 점 하나.
그 점 하나에 마음이 오래 머물기도 한다.

부모자식은 1촌, 형제는 2촌.
다들 피로 연결된 사이지만,
부부는 '무촌'이라고 한다.
피로 맺어진 사이가 아니라서
촌수조차 없다는 말.
왠지 쓸쓸하고 서운하게 들리기도 한다.

하지만 나는 그렇게 생각하지 않기로 했다.

0이라는 숫자는 아무것도 없는 게 아니라,
시작하기 위한 준비니까.
어떤 숫자도, 관계도, 0부터 시작되니까.
무촌이라는 건,
'아무것도 없음'이 아니라
'함께 처음을 만드는 사이'라는 뜻 아닐까.
우리만의 해석이다.

이젠 묻지 않는다.
확인하지 않아도, 비교하지 않아도
그저 매일 서로의 시작점에 서 있다는 걸 안다.
우리 부부는 '무촌'이니까.
그 누구와도 닮지 않은,
서로의 단 하나뿐인 시작이니까.

❀ **오늘의 말꽃** [당신의 마음에 피어나는 문장]
"무촌 부부, 서로의 시작이 되어주는 사이."

열두 번째 동화

<밀림의 정원>

가족이지만, 경계가 필요한 이유

가족, 가장 가까운 거리에서

한때 평화로웠던 밀림 한가운데,
용맹한 사자 한 마리가 있었습니다.
모든 동물들이 그를 '밀림의 왕'이라 불렀죠.
그 왕에게는 예쁜 가족이 있었어요.
초보 엄마 사자와, 귀엽고 천진한 아기 사자들.
그리고 양쪽의 '사자 할머니' 두 분도요.
문제는…
"이쪽으로 가야 먹이가 많아!"
"아니야, 저쪽 그늘이 더 시원해!"
할머니 사자들은 항상 서로 의견이 달랐고,
사사건건 참견을 멈추지 않았어요.
초보 엄마 사자는 그 사이에서
눈치를 보고, 진땀을 흘리며,
늘 이러지도 저러지도 못했지요.
사자지만, 마음은 작아지고 있었습니다.

그러던 어느 날,
할머니 사자들은 또다시
"이 방향이 맞다!"
"저쪽으로 가야 한다!"
목소리를 높이며 실랑이를 벌이고 있었어요.
그때였습니다.

풀숲에서 갑자기 승냥이 떼가 튀어나와
장난치던 아기 사자들을 덮친 것이었죠!
아무도 그 상황을 눈치채지 못했어요.
오직, 아빠 사자만이 순간을 놓치지 않고
쏜살같이 달려가 아기들을 구해냈습니다.
그리고는 밀림 전체에 울려 퍼질 만큼
크고 단호한 목소리로 외쳤어요.
"어──흥!"
"앞으로 우리 가족 안에서는
그 누구도 이래라저래라 하지 못합니다
이곳은 우리의 **가족 정원**이에요.
우리가 함께 만들고, 함께 지켜야 할 공간이지요."

그날 이후,
사자 가족은 서로의 경계를 지키며
진짜로 평화로운 정원을 함께 가꾸어 갔답니다.
할머니 사자들도 뒤로 한 걸음 물러서서
아기 사자들의 웃음소리를 듣는 즐거움을
새롭게 알게 되었고요.

❀ 가까울수록 거리두기는 필수!

결혼을 하면
당연히 분가하고,
가정을 꾸리고,
자립하게 된다고 생각했어요.
하지만 육체적 독립이
곧 정신적 독립은 아니더군요.

몸은 떠났지만
마음은 여전히 시어머니의 눈치를 보고,
그 기대와 기준에 맞춰
나의 선택을 조심스러워했어요.
"며느리는 이래야지."
"그래도 어른 말씀은 따라야지."
"애 엄마가 되면 생각이 바뀔 거야."
그런 말들 앞에서
나는 다시, 어린아이처럼 작아졌어요.

결혼한 지 오래됐는데도
'독립된 사람'으로 존중받지 못한다는 감각은
생각보다 깊은 외로움이었습니다.

그래서 나는
마음의 독립을 결심했습니다.
그건 다툼도 아니고, 외면도 아니었어요.
다만 이제는,
내 감정과 선택을 스스로 지켜주겠다는 다짐이었죠.
"이건 저의 방식이에요."
"저는 다르게 생각해요."
그 말을 처음 꺼낼 땐,
마음이 덜컥 떨렸어요.

하지만 그 말 이후,
비로소 '내 삶의 주인'이 되는 느낌을 받았어요.
관계에서 거리를 둔다는 건
상대를 미워해서가 아니라,
서로를 더 건강하게 바라보기 위한 선택일 수 있어요.
나는 여전히 가족을 사랑합니다.
그 사랑을 지키기 위해,
내 마음부터 지켜야 한다는 걸 이제야 알게 되었어요.

정답은 없지만, 질문은 남습니다.
가족 안에서 인정과 존중을 필수입니다.
그래서 안전거리가 필요합니다.

❀ **오늘의 말꽃** [당신의 마음에 피어나는 문장]

"'심리적 독립'이라는 단어를
나만의 말꽃으로 피워봅니다."

🍀 엄마는 왜 그렇게 조용했을까?

나는 어릴 적부터 궁금했다.
왜 엄마는 항상 조용히 있었을까.
왜 아무 말도 하지 않았을까.
왜 누군가의 말에 늘 "네"만 했을까.
명절이면 새벽부터 일어나
손이 부르트도록 음식을 만들고도
아무도 엄마를 칭찬하지 않았고,
엄마는 고개를 푹 숙인 채
작은 미소로 대답만 했다.

그 시절의 나는 어려서,
그냥 엄마가 성격이 조용한 줄 알았다.
하지만 조금 더 크고 나니
그건 성격이 아니라 역할이었다.
"며느리니까, 아내니까, 여자는 그래야 하니까."
엄마는 그 틀 안에서 살고 있었고,
그걸 깨는 순간
"버릇없다, 말대꾸다, 싸가지 없다"라는 말이 돌아왔다.
그러니 말하지 않는 게 편했던 거다.
상처받지 않으려고,

기대하지 않으려고,
아예 입을 다물어야 했던 거다.
나는 그런 엄마가 불쌍했다.
그리고 속으로 다짐했다.
"나는 엄마처럼 살지 않을 거야."

그런데…
살다 보니 어느새 나도
엄마가 했던 말투를 따라 하고,
엄마가 삼켰던 말들을 나도 삼키고 있었다.
우리는 분명,
과거보다 더 나은 세상을 살고 있지만
그 잔재는 은근히 우리 안에 남아 있었다.
그래서 나는 '적당한 거리'를 찾고 싶었다.

부딪히지 않으면서,
나를 잃지 않게.
가까워도 숨이 막히지 않도록.
어쩌면 지금도
나는 새로운 둥지를 짓고 있는 중인지 모른다.
그 둥지는
누구도 억지로 순종하지 않아도 되는 둥지,

누구도 희생만 하지 않아도 되는 둥지.
그리고 그 위에
내 아이가 자유롭게 앉아
자기 목소리로 노래하길 바란다.

> ❀ **오늘의 말꽃** [당신의 마음에 피어나는 문장]
>
> "엄마의 언제나 '괜찮아'라는 말과 침묵에서,
> 나의 목소리가 자랐습니다."

열세 번째 동화

<우리 집>

진짜 집은, 마음이 머무는 곳에 있습니다.

영차영차~
햇살이 비치는 오후,
줄지어 걷는 개미 가족들이 보입니다.
작은 다리를 바삐 움직이며 무언가를 품고,
이리저리 부지런히 움직이지만
그 얼굴엔 이상하게도 늘 웃음이 가득해 보였어요.

나, 하루살이는
그 풍경을 1년 넘게 유충으로 살아오며
매일같이 같은 자리에서 바라보았습니다.
나는 늘 같은 자리에 있었고,
그들은 늘 같은 길을 함께 걸어갔어요.
그러다 마침내,
나에게도 날개가 생겼습니다.
성충이 된 하루살이의 시간은 단 하루뿐이지만,
그 하루가 내겐 선물이었어요.
날 수 있다는 설렘보다,
나는 오직 한 가지를 해보고 싶었습니다.
바로, 개미 가족들의 뒤를 따라가 보는 것.
그들이 도대체 어디로 가는지,
왜 늘 그렇게 웃고 있었는지
그 해답을 알고 싶었어요.

날개를 펴고 처음 하늘을 날던 날,
나는 그들의 뒤를 조용히 따라갔습니다.
좁고 복잡한 숲길, 구불구불한 풀잎 사이,
돌 틈으로 이어지는 아주 작은 통로들.
개미들은 지치지 않고 서로에게 말을 걸고,
함께 짐을 나르며 웃고 있었어요.
그 길 끝에는
'집'이 있었습니다.
누군가를 반기고, 함께 나누는 '집'이요.
그 속에는 자기 자리를 알고,
역할을 기꺼이 감당하는 이들이 있었지요.

다음 날 아침.
나는 또다시 개미들의 뒤를 따랐습니다.
그 모습을 본 친구가 다가와 말했어요.
"너, 이제 하루밖에 안 남았잖아.
설마 오늘도 개미들 뒤만 따라다닐 거야?"
나는 환하게 웃으며 대답했습니다.
"응. 오늘도 그럴 거야.
내겐 하루밖에 없지만,
그 하루를 따뜻한 걸음들과 함께 보내고 싶어.
그들을 바라보고 있으면,

나도 마치 어디론가 함께 가고 있는 것만 같아.
혼자가 아니라는 기분, 그게 참 좋았어."
사실, 나는 오래전부터 궁금했어요.
저 개미들이 걷는 길에도, 집으로 향하는 길에도
웃음이 정말 있는 걸까? 하고요.
지금은 알아요.
왜 그들이 웃고 있었는지,
어떤 마음으로 그 길을 걷고 있었는지.
그래서 내 하루는 후회 없는 하루였어요.

혼자였던 나도,
마음만은 함께였거든요.
그리고 나도
그 길에서,
행복이란 걸 가져갑니다.

🍀 마음이 머무는 곳

"집이 어디야?"
누군가 이렇게 물으면
예전엔 주소부터 떠올렸습니다.
동네 이름, 몇 평, 방 개수 같은 것들 말이죠.

하지만 요즘은 조금 달라요.
진짜 '집'이라는 말에
가장 먼저 떠오르는 건 마음이에요.
몸은 머무를 수 있지만
마음이 도망치고 싶어지는 공간도 있고,
반대로
좁고 소박해도 마음이 편안해지는 곳이 있죠.

어릴 땐
집이란 '가족이 사는 곳'이라고만 생각했어요.
그 안에 다툼이 있고,
침묵이 있고,
불편함이 있어도
그저 집이니까,
가족이니까,

그렇게 살아야 하는 줄 알았어요.
그런데 어른이 되고 나서야 알았어요.

마음이 쉬지 못하는 곳은
'머무는 집'이지 '머물고 싶은 집'은 아니라는 걸요.
이제 나는
'집'이라는 단어를 새롭게 생각해 보려 해요.

어디에 있든, 누구와 있든,
나의 마음이 숨 쉴 수 있다면
그곳이 바로 나의 집이니까요.

때로는
혼자인 공간에서도 마음이 쉬고,
때로는
가족과 함께 있어도 마음이 더 멀어질 수 있어요.

그래서 진짜 집은
관계로 완성되는 공간,
서로를 안전하게 품는
마음의 울타리라는 걸
이제야 조금씩 알게 되었습니다.

오늘,

당신의 마음은 어디에 머무르고 있나요?

그 마음이 가닿는 곳마다

따뜻한 말꽃이 피어나기를 바라며—

> ❀ **오늘의 말꽃** [당신의 마음에 피어나는 문장]
>
> "함께 걷는 길엔, 이름 모를 마음의 가족도 있습니다."

🍀 단란해 보이는 가족의 고요한 진실

밖에서 보면 우리 가족은
언제나 보기 좋은 '단란한 가족'이었다.
식탁 위엔 반찬이 정갈히 놓였고,
저녁이면 다 함께 앉아 식사를 했다.
누가 봐도 이상적인 풍경.

하지만 그 안은 달랐다.
식탁은 따뜻했지만, 대화는 차가웠다.
누구도 먼저 말을 꺼내지 않았고,
입을 열면 곧장 돌아오는 말은
"밥 먹는데 말하지 마라."라는 차가운 훈계였다.
어릴 땐 그게 예절인 줄 알았다.

하지만 나중에야 알게 됐다.
그건 예절이 아니라, 두려움이었다.
집 안의 공기는 조용했고,
엄마는 마치 사감 선생님 같았고,
아빠는 늘 무표정한 교장 선생님 같았다.
웃음도, 실수도 허락되지 않던 공간.
우리 집은 창살 없는 규율 속에서 서로를 바라보았다.

그런데도 사람들은 말했다.
"너희 집, 참 단란해 보여서 부럽다."
나는 대답하지 못했다.
그 말이 틀리지 않아서 더 슬펐기 때문이다.
정작 우리는 서로의 목소리를 듣지 못하는데,
표현도 할 줄 모르는데….

하지만 이제는 안다.
그 어색한 침묵 속에도
나름의 방식으로 애쓰고 있었던 사람들을.
말 대신 규칙으로,
표정 대신 조용한 식사로
서툴게나마 사랑을 나누고 있었던 걸.

그땐 몰랐지만,
우리는 그렇게 서로를 지키고 있었는지도 모른다.
완벽하진 않았지만,
무너진 적도 많았지만,
그럼에도 우리 가족은
함께였고, 또 여전히 연결되어 있다.
사랑은 때로 말이 없고,
가끔은 너무 서툴러서 아프지만

돌고 돌아 마음에 닿는다.

> ❀ **오늘의 말꽃** [당신의 마음에 피어나는 문장]
> "그 침묵이, 그 서툰 방식이
> 우리 가족의 사랑이었다는 걸 이제야 알았어요."

열네 번째 동화

<고래와 친구들>

함께 가야 더 멀리 더 오래 갈 수 있습니다.

바다를 들여다본 적이 있나요?
그저 푸르기만 한 줄 알았던 바다는,
가만히 바라보면 생각보다 훨씬 복잡합니다.
매일매일 물결은 달라지고,
조용한 듯하지만 그 속엔
말 없는 수많은 생명들이 살아가고 있어요.
그 한가운데, 한 마리 고래가 있었습니다.
거대한 몸집에 어울리지 않게 조용하고 느릿한,
마치 바다의 숨결 같은 존재였지요.
그는 말이 없었습니다.
누군가처럼 먼저 다가가 인사하지도 않고,
자신을 내세우지도 않았습니다.

하지만 이상하게도
그의 곁엔 언제나 누군가가 있었습니다.
작은 물고기 무리들.
비늘 틈을 정리하고,
이빨 사이 찌꺼기를 부지런히 쪼아내며
고래 주변을 떠나지 않던 친구들.
고래는 그들에게 보호자도, 가족도 아니었지만,
어쩌면 누구보다 깊은 마음을 나눈 이들이었을지도 몰라요.
그가 말 한마디 하지 않아도,

그의 거대한 몸이 먼저 방향을 바꾸고
위험한 기운이 감돌면 조용히 벽처럼 서서
작은 친구들을 감쌌기 때문입니다.

누군가 말했죠.
"고래는 무슨 생각을 하는 걸까?
저렇게 말도 없이 무거운 존재감을 흘리는 건,
어쩐지 불편해."

하지만 정작 고래와 함께했던 이들은 알고 있었어요.
말은 없었지만,
그에게서 전해지는 '존재의 울림'이
얼마나 깊고 단단한 신뢰였는지를.

바다 깊은 곳에서 들려오던 고래의 낮은 노래.
그건 묻지 않는 안부,
조용한 약속,
그리고 다시 돌아올 길을 안내하는 나침반 같았습니다.
"고래의 노래가 들려서, 나, 다시 돌아왔어."
그 한마디에 모든 게 담겨 있었죠.

그날도 고래는 말이 없었습니다.

하지만 물살을 가르며 천천히 헤엄치던 그 꼬리의 움직임은
아마도 이렇게 말하고 있었을 겁니다.

"그래, 나 여기 있어. 언제나 그래왔듯이."

이렇게, 말없이도
마음은 이어지고, 관계는 지켜졌습니다.
그 어떤 말보다 강한 '같이 있음'이라는 진심으로요.

🍀 든든한 가장, 말없이 품어주는 아버지의 사랑

고래는 아주 먼 바다에서,
자신만의 속도로 유영합니다.
때론 깊은 곳으로 숨고,
때론 수면 위로 올라와 숨을 내쉽니다.
그 모습이 꼭
우리 가족 같다는 생각이 들었어요.

함께 있어도 서로의 마음을
다 안다고는 말할 수 없는
그래서 더 애틋한 존재.

가족이라는 이유로
우리는 너무 쉽게
서로의 마음을 들여다보려 하고,
때론 너무 가까워
서로를 숨 막히게 만들기도 하죠.

가까워야 사랑이라고 믿었기에
거리를 두는 건 서운함이고,
멀어지는 건 잘못이라고 여겼어요.

하지만 이제는 생각이 달라졌어요.
가끔은 멀어질 필요가 있어요.
서로의 생각을, 감정을
잠시 조용히 헤엄쳐볼 수 있는 시간과 거리.
그 속에서 우리는
오히려 더 잘 들을 수 있어요.

"내가 널 미워해서 거리를 둔 게 아니야."
"지금은 나를 돌아보고 싶어서야."
"그래도 나는, 네 편이야."

고래처럼,
자기만의 속도로 가면서도
함께하는 물고기를 놓치지 않는 배려.
사랑을 지키는 방법일지도 몰라요.

우리의 소리 없는 배려도
언젠가 따뜻한 눈 맞춤으로
다시 마주할 수 있기를 바라며—
오늘,
가장 조용한 말꽃 한 송이를 피웁니다.

❀ **오늘의 말꽃** [당신의 마음에 피어나는 문장]

"말하지 않아도 알 수 있는 사이,
그런 사이로 오래 남고 싶습니다.
함께 가야, 더 멀리. 더 오래갈 수 있으니까요."

❀ 조금 천천히, 함께 걸어도 괜찮아요.
　—함께 가야 더 멀리, 더 오래 갈 수 있습니다.

주말이면 가끔 가족과 산책을 나선다.
혹은 영화를 보러 가기도 하고,
마트에 장을 보러 가기도 한다.
그럴 때면 어김없이 먼저 걷는 사람, 내 남편이다.
가방을 메고,
지갑을 챙기고,
영화 시간 확인하고,
자리를 살피고,
무언가를 미리 계산하며 걷는다.
"같이 가자~"
아이들이 말하고, 나도 뒤따라 말한다.
하지만 그는 언제나 앞서 걷는다.
늘 바쁘다.
늘 무엇인가를 챙긴다.
늘 가족을 위한 길잡이이자 해결사다.

그래서 종종,
함께 걷고 있는데도 혼자 걷는 사람 같기도 하다.
가족을 위한 책임감,

아버지로서의 무게,
남편으로서의 준비된 태도.
그 모든 것들이
그를 늘 앞장서게 만든다.

하지만 나는,
가끔 이렇게 말하고 싶다.
"오늘은 조금 천천히 가자.
같이 걷고,
같은 곳을 보며,
같은 공기를 느끼며
그냥 함께 걷자."

아마도 그가 혼자 걷는 이유는
늘 '함께'를 더 잘 지켜내기 위한 마음일 것이다.
가족이라는 배를 끌고 가는
묵묵한 고래처럼 말이다.

그래서 오늘 나는,
모든 '고래' 같은 사람들에게 말해주고 싶다.
"책임은 혼자 지는 게 아니라,
함께 나누는 거예요.

그러니까 우리,

이제는 나란히 걸어가요."

❀ **오늘의 말꽃** [당신의 마음에 피어나는 문장]

"함께 걷는다는 건,
　같은 속도로 마음을 나누는 일이에요."

열다섯 번째 동화

<뻐꾸기 둥지>

나의 품은 아니지만, 너를 품은 건 내 마음이었다.

푸른 숲속에 새들이 많이 사는 작은 마을이 있었어요.
그 중에 가장 부지런한 새는 오목눈이였어요.
오목눈이는 이른 새벽부터 날아다니며
나뭇잎과 잔가지로 작은 둥지를 정성껏 만들었어요.
그 둥지는 숲속 누구보다도 따뜻하고 안전한 곳이었죠.
"이 둥지는 내 아기들을 위한 최고의 선물이야!"
오목눈이는 뿌듯했어요.

그런데 어느 날,
둥지 속에 낯선 알 하나가 있었어요.
조금 크고, 색깔도 다른 알이었어요.
오목눈이는 깜짝 놀랐지만,
그 알을 둥지 밖으로 밀어내지 않았어요.
그저 조용히, 조심스럽게 품었죠.

며칠이 지나고,
알들이 하나씩 깨어났어요.
작고 여린 아기 새들 속에
조금 낯선 깃털을 가진 새끼 하나가 있었어요.
"너는 누구니?"
오목눈이가 조심스레 물었어요.
그 새끼는 조용히 고개를 끄덕였어요.

"난, 사실 여기서 태어난 게 아니야.
내 엄마는 둥지를 만들 수 없었대.
그래서 너에게 나를 맡겼나 봐."
오목눈이는 한참을 말없이 아기 새를 바라보다 말했어요.
"그렇구나.
하지만 넌 지금 여기 있고,
나는 널 품었고,
너는 내 아기야.
그게 전부야."
아기 새는 눈을 반짝이며 미소 지었어요.
그 순간, 그 둥지엔
바람보다 따뜻한 숨결이 피어났어요.

그날 이후로
숲속의 새들은 말했어요.
"진짜 가족이란,
피보다 마음으로 품어주는 존재야."
그리고 그렇게—
뻐꾸기의 알을 품은 둥지는,
진짜 사랑이 자라는 둥지가 되었답니다.

🍀 입양이라는 말이 낯설었던 시절

어릴 적, "입양"이라는 단어는 나에게
낯설고 조심스러운 말이었다.
그 단어가 등장하면 어른들은 목소리를 낮췄고,
아이들은 뒤에서 소곤거렸다.

나는 한 아이를 떠올린다.
그 아이는 언제나 조용했고, 눈치가 빨랐다.
교실 구석에서 늘 조용히 앉아 있었고,
다른 아이들이
"쟤네 부모님은 친엄마, 친아빠가 아니래."라고 말할 때마다
모르는 척 웃으며 고개를 돌렸다.
나도 한 번은 그런 말을 들은 적 있다.
"쟤는 엄마랑 아빠랑 하나도 안 닮았어.
혹시 데려와서 키우는 애 아니야?"
그 말이 지나가는 농담처럼 툭 던져졌는데,
그날 밤 이상하게 마음이 싸해졌다.

닮았다는 이유만으로,
혹은 닮지 않았다는 이유만으로
가족의 진심이 무시되는 느낌.

그러고 나서 오랫동안,

나는 '닮음'이 아니라 '품음'이라는 말을 되새겼다.

한 아이를 키운다는 건,

누가 낳았느냐보다

누가 곁에서 끝까지 함께 있어주었느냐에 있다.

입양이라는 말이 더는 숨겨야 할 사연이 아니기를.

그저 누군가가 누군가를 진심으로

'품은 이야기'로 들려지기를.

그 아이에게,

그리고 그 아이를 품은 누군가에게

이 이야기가 닿기를 바란다.

❀ **오늘의 말꽃** [당신의 마음에 피어나는 문장]

"한 아이를 품는 일은, 한 마을의 사랑이 필요해요.
누구의 피가 아니라, 누구의 마음이냐가
진짜 가족의 시작이라는 걸
이 숲의 이야기 속에서 다시 배워요."

🍀 품은 시간만큼, 사랑도 자라요.

예진 씨 부부는 결혼 5년 차였다.
함께 잘 웃고 잘 먹고, 아이를 기다리며 다정하게 살아왔다.
하지만 아이는 좀처럼 찾아오지 않았고
예진 씨의 몸도 마음도 조금씩 지쳐갔다.
그날도 늘 하던 봉사기관 방문이었지만,
유독 한 아이가 눈에 들어왔다.
돌이 지난 아이, 까만 눈망울로 손을 뻗던 아이.
그날 이후, 집에 돌아와서도
자꾸 그 아이가 눈에 밟혔다.
며칠을 고민한 끝에
예진 씨는 조심스럽게 남편에게 입양 이야기를 꺼냈다.
놀랍게도 남편은 오히려 따뜻하게 웃으며 말했다.
"그 아이도 우리한테 오고 싶었나보다."
양가 부모님도 반대 없이 오히려 응원해 주었고,
입양 절차는 순조롭게 시작되었다.
…라고 생각했지만,
입양은 생각보다 훨씬 길고 까다로운 여정이었다.

상담, 면접, 가정방문, 서류심사…
'한 아이의 인생'을 함께할 준비가 되어 있다는 걸

천천히, 그리고 확실히 증명해야 했다.
예진 씨 부부는 그 기다림 동안에도
봉사를 멈추지 않았다.
그 아이와 자주 마주했고, 함께 놀았고,
작은 미소 하나에도 마음이 젖었다.

그리고 드디어 가족이 되는 날!!
이름은 호야,
입양일은 새로운 생일로 정했고,
온 가족이 함께 축하해 주었다.
그날은 마치, 다시 태어난 날 같았다.
나는 그 모든 과정을 곁에서 지켜봤다.

10달 동안 엄마 뱃속에서 품듯,
예진 씨 부부는 긴 시간 동안 그 아이를
마음속에 품고 기다리고 있었다.
태어나게 한 건 생명이지만,
가족이 되게 한 건 마음이었다.

세상에,
이토록 멋진 어른이 내 곁에 있다는 것
그게 얼마나 든든하고 감동적인지 모른다.

❀ **오늘의 말꽃** [당신의 마음에 피어나는 문장]

"아이를 기다리는 시간도, 사랑이 자라는 시간이었다.
태어난 건 생명이지만, 가족이 된 건 마음이었다."

4부

감정을 바라보는 연습

"감정 = 생각이 아님을 인식하기"
"감정은 머물렀다 흘러가는 손님"

MBCT 실천으로 보는 이야기

―마음챙김으로 다시 읽다

감정은 늘 우리 곁에 있었습니다.
하지만 우리는 자주, 감정을 피하거나 억누르며 살아왔지요.
'괜찮은 척'에 익숙한 어른이 된 우리는
울고 싶을 때 웃고, 화가 날 때 참으며
마음속에 말꽃 한 송이 피우지 못한 채
하루하루를 넘기곤 했습니다.
이제, 잠시 멈춰 서서
내 안의 감정을 그대로 바라보는 연습을 해보려 합니다.
평가하지 않고, 판단하지 않고,
그저 그런 감정이 '내 안에 있구나'하고 알아차리는 것.
그것이 마음챙김(Mindfulness)의 시작입니다.
감정은 나쁜 것이 아닙니다.
슬픔도, 두려움도, 분노도
나를 지키기 위한 신호이자 메시지입니다.
그 감정과 함께 걸어보세요.
도망치지 않아도 괜찮다는 걸,
감정은 머물다 이내 흘러간다는 걸
당신은 곧 알게 될 거예요.
이제, 감정을 꽃피우는 시간입니다.

말꽃이 피어나는 순간은,
그 감정을 내가 따뜻하게 바라봐 준 순간입니다.
"이제 당신의 감정을 조용히 들여다볼 시간입니다."

1. 마음챙김 기반 인지치료(MBCT)

❀ MBCT란?

MBCT(Mindfulness-Based Cognitive Therapy)는 마음챙김 명상과 인지치료(CBT)를 통합한 심리치료 기법입니다. 우울, 불안, 감정조절 문제 등 반복되는 감정의 패턴을 알아차리고, 그에 반응하는 방식 대신 의식적으로 대응할 수 있도록 돕습니다. 특히 감정에 빠져드는 대신, 감정을 바라보는 거리두기를 연습하게 됩니다.

(1부)

<상처와 감정의 시간>에 적용되는 MBCT 핵심 개념

1. 자동 반응 vs. 알아차림
- MBCT에서는 '감정에 휘둘리는 자동반응' 대신 '**감정의 흐름을 알아차리고 선택하는 힘**'을 강조합니다.

  예: "왜 나만 겪어야 해?" → "이 감정이 올라오고 있구나."

2. 감정은 밀어낼수록 더 커진다.
- 억누르려는 감정일수록 더 강해지고 반복됩니다. MBCT는 감정을 해결해야 할 문제로 보기보다, 그대로 '**존재하게 두는**' 연습을 합니다.

3. 몸과 감정은 연결되어 있다
- 몸의 긴장, 두통, 위장 문제 등은 억눌린 감정의 표현일 수 있습니다. MBCT는 호흡과 감각에 주의를 기울이며 **몸의 신호를 인식하고 감정을 조율합니다.**

4. 현재에 머무르기 (비판 없는 인식)
- 과거의 상처와 미래의 불안을 떠올릴수록 현재는 사라집니다. MBCT는 '**지금 이 순간**'의 감각과 감정에 머물도록 돕습니다. 이를 통해 감정을 '고치려 하기'보다 '**함께 있어주는**' 태도를 기릅니다.

✿ 초보자도 따라 할 수 있는 마음챙김 연습 3가지

1. 3분 호흡 공간
- 지금 이 순간의 감정·생각·몸 상태를 잠시 관찰하고, 그 후 호흡에 주의를 두며 천천히 정돈하는 연습

2. 감정 라벨링
- '나는 불안하다' → '불안함이 올라오고 있구나' 식으로 내 감정을 구별하고 이름 붙이는 연습

3. 감각 바디스캔
- 발끝부터 머리까지 감각을 느끼며 몸의 상태를 관찰. 몸에 쌓인 감정을 인식하고 놓아주는 데 효과적

✿ <상처와 감정의 시간>은 어떤 마음의 풍경을 말하나요?

1부에 담긴 동화들은 어린 시절의 외로움, 억눌린 말, 보이지 않는 차별, 고립, 오해 같은 감정의 시간들을 그립니다. 이때 MBCT는 감정을 밀어내지 않고 '그때 그 마음'을 인정하고 바라보는 첫 걸음이 됩니다. 감정은 통제의 대상이 아니라, 이해하고 함께 있어줄 대상입니다.

2부
<관계 속의 거울>에 적용되는 MBCT 핵심 개념

1. '거울'처럼 관계를 비추는 연습
- 우리는 타인의 말, 표정, 행동에 쉽게 흔들립니다. MBCT는 **내 감정과 타인의 반응 사이에 공간을 만드는 훈련**입니다. 그 공간에서 '내 감정'과 '상대의 태도'를 **분리해 바라보는 연습**을 합니다.

2. '자동화된 해석'에서 벗어나기
- 관계에서 가장 흔한 고통은 '내가 이렇게 생각하니까, 저 사람도 그렇겠지'라는 해석! MBCT는 해석이 아닌 관찰로 머무르게 합니다.
  예: "쟤는 날 무시해." → "나는 지금 무시당한 기분이 들어."

3. 판단하지 않고 듣기
- 상대의 말에 바로 반응하기보다, **판단 없이 '그 사람의 입장에서 보기'** 를 시도하는 것이 방어적 태도보다 **공감과 수용을 촉진**합니다.

4. 나의 감정 신호를 먼저 알아차리기
- 상대를 비난하기 전, 내 몸과 감정에 집중합니다. '지금 나는 불편하다', '화가 나고 있다'를 인식하고, 반응 대신 숨 고르기를 선택합니다.

❁ 관계에서 적용할 수 있는 마음챙김 연습

1. '멈춤 → 호흡 → 말하기' 연습
- 감정적 대화 상황에서 바로 말하지 않고, '잠깐 멈추고 → 호흡하고 → 말하기' 연습을 합니다.

2. 감정 일기 쓰기
- 관계에서 느낀 감정을 그 상황과 함께 짧게 적어보는 연습. '그 사람이 나를 무시했다'가 아닌 '내가 무시당했다고 느꼈다'로 적어봅니다.

3. 경계 세우기와 자기표현
- 상대에게 휘둘리지 않기 위해선, 마음챙김적 자기표현이 필요합니다. 비난 없이 나의 느낌과 요구를 말하는 연습이 포함됩니다.
  예: "나는 지금 불편해. 잠깐 쉬고 싶어."

❁ <관계 속의 거울>은 어떤 마음을 비추나요?

2부의 이야기들은 친구, 직장, 부모, 부부 사이에서 상처받고 상처 주는 관계의 패턴을 다룹니다. MBCT는 타인과의 갈등에서 '나의 감정'을 먼저 바라보고, 그 감정을 조절한 후에 관계를 재구성할 수 있게 돕습니다.

관계는 타인과 함께하지만, 결국 내 마음의 거울입니다.

(3부)

<가족, 가장 가까운 거리에서>에 적용되는 MBCT 핵심 개념

1. 가까운 관계일수록 감정은 깊다.
- 가족은 사랑의 대상이자 가장 큰 상처의 원천이기도 합니다. MBCT는 이 감정의 양면성을 인정하고, 감정에 휘둘리기보다 '거리 두고 바라보기'를 연습하게 합니다.

2. 익숙함 속의 자동반응을 자각하기
- "엄마는 늘 이래", "남편은 날 이해 못 해"같은 자동화된 해석을 자각하고, 그 순간의 감정과 상황을 분리해 바라보는 연습을 합니다.

3. 감정을 억누르기보다 표현하는 연습
- 참는 것이 미덕인 가정문화 속에서 억눌린 감정은 더 크게 터질 수 있습니다. MBCT는 감정을 솔직하게 **'비난 없이'** 표현하는 방법을 익히게 합니다.
  예: "짜증 나!" → "지금 나는 답답함을 느껴."

4. 함께 있는 시간에 '진짜로 머물기'
- 함께 있는 시간에도 마음은 딴 데 가있기 쉽습니다. MBCT는 가족과 함께 있는 순간, 말없이 마음으로 함께 있어주는 태도를 기릅니다.

✿ 가족 관계에 적용할 수 있는 마음챙김 실천

1. 경청 명상
- 가족의 말에 판단 없이 귀 기울이기. 조언이나 반박 없이, 그 사람의 감정을 알아차리는 데 집중.

2. 감정 표현 노트
- 말하지 못했던 감정, 가족에게 하고 싶은 말들을 글로 적어보고 스스로 바라보는 연습.

3. 일상 속 함께 머무르기
- 밥 먹는 시간, 산책, 청소 등 일상 속 짧은 순간에도 '지금 함께 있음'을 자각하고 소중히 여기는 연습

✿ <가족, 가장 가까운 거리에서>는 어떤 마음을 들여다보나요?

가족은 나를 있게 한 울타리이자, 내가 벗어나고 싶은 벽이기도 합니다. 가깝기에 더 자주 부딪히고, 기대와 실망이 오갑니다. MBCT는 그 갈등 속에서도 나의 감정을 알아차리고, 함께 살아가는 법을 연습하게 합니다. 사랑도, 거리도, 침묵도 모두 '관계의 언어'임을 받아들이는 과정입니다.

2. 마음챙김 실천편

1. 자동조종 상태란 무엇인가요?

자동조종 상태(Auto-pilot mode)란, 우리가 생각이나 감정, 행동을 거의 의식하지 않은 채 자동적으로 반복할 때의 상태를 말합니다. 마치 우리가 익숙한 길을 운전할 때, 어느새 목적지에 도착해 있지만 그 과정은 잘 기억나지 않는 것과 같지요.

✿ 자동조종 상태가 잘 나타나는 상황

✓ 기분이 나쁜 날, 무의식적으로 단 음식을 찾는다.
✓ 상사가 말 한마디 했을 뿐인데 괜히 눈물이 날 것 같다.
✓ 누군가 말을 걸면, 이미 속으로 반박부터 생각하고 있다.
✓ 하루를 마치고 나면 '내가 오늘 뭘 했더라?' 싶다.

✿ 자동조종 상태에서 벗어나려면?

마음챙김(Mindfulness)은 현재의 순간에 주의를 기울이고, 자신의 생각과 감정을 판단 없이 바라보는 연습입니다. MBCT에서는 자동조종 상태를 인식하는 것이 회복의 시작이라 보고, 다음의 연습들을 통해 그 상태에서 깨어나는 것을 돕습니다.

✓ 내가 지금 무슨 생각을 하고 있는가?
✓ 이 감정은 어디서 왔는가?
✓ 지금 내 몸은 어떤 느낌을 가지고 있는가?

✿ 감정에 휘둘리지 않고 머물러 있기

지금 이 순간, 내 안의 자동조종을 '끄는' 연습을 시작해 보세요.

2. 알아차림 훈련(마음챙김 명상)

알아차림 훈련(Mindfulness Practice)은 지금 이 순간에 집중하며, 자신의 몸, 감각, 생각, 감정을 있는 그대로 바라보는 연습입니다.
생각을 억지로 멈추거나 감정을 없애는 것이 아니라, 그저 '지금 여기'에 깨어 있는 것이 핵심입니다.

☼ 대표적인 마음챙김 명상 방법

1. 몸 스캔 명상(Body Scan)
- 발끝부터 머리까지, 신체 각 부위의 감각을 순서대로 스캔하며 느껴봅니다.

  예: '지금 왼발에 어떤 느낌이 있지?', '무거운가, 따뜻한가, 무감각한가?'

2. 호흡 명상(Breath Awareness)
- 들이쉬는 숨과 내쉬는 숨에 집중합니다.
- 생각이 떠올라도 괜찮습니다. 다시 숨으로 돌아옵니다.

3. 생각과 감정 바라보기
- 마음속에서 올라오는 생각과 감정을 '하늘 위의 구름'처럼 바라봅니다.
- 판단하지 않고, 머무는 연습을 합니다.

  예: "불안이 올라왔구나. 그냥 두자."

알아차림은 '지금의 나'와 연결되는 시간입니다.
무심코 흘러가는 하루 속에서 나 자신을 만나는 방법.
마음챙김 명상은 나의 감정과 생각이 어떤지 알아차리고,
더 나은 선택을 위한 여백을 만들어줍니다.

오늘 하루, 잠깐이라도 '지금 이 순간'을 의식해 보세요.
마음의 소란을 비워내는 작은 시작이 될 수 있습니다.

3. 감정 다루기

감정 다루기는 감정을 밀어내거나 억누르기보다는, 그 감정을 있는 그대로 '초대하고 머무는' 마음챙김적 접근을 말합니다. 불편한 감정도 '지금 이 순간' 내 안에 있다는 것을 인정하고, 그것과 함께 머무는 연습을 합니다.

✿ 흔히 감정을 다루는 방법

✓ 무시하기: '아냐, 괜찮아'하며 억지로 눌러버린다.
✓ 분출하기: 폭발하듯 감정을 쏟아낸 후 후회한다.
✓ 회피하기: 바쁘게 움직이며 감정을 느끼지 않으려 한다.

✿ MBCT의 제안

1. 감정을 '손님처럼' 맞이하기
- '아, 지금 내 안에 화가 있구나.'
- '슬픔이 문을 두드리는구나. 들어오게 해 보자.'

2. 감정에 '이름 붙이기'
- 막연한 불편함보다는 구체적인 이름을 붙이면 감정과 거리가 생깁니다.
  예: "이건 분노야. 배신감이야. 외로움이야."

3. 감정은 '지나가는 것'임을 기억하기

- 모든 감정은 파도처럼 올라왔다가 반드시 잦아듭니다.
- '나는 분노 그 자체가 아니라, 지금 분노를 경험하고 있는 사람이다.'

✿ 감정을 없애려 하지 마세요.

감정과 싸우지 않고,
그 자리에 함께 있어주는 연습이야말로
치유의 시작입니다.

4. '멈춤(PAUSE)' 연습

멈춤(PAUSE)은 자동 반응을 끊고, 반응 전에 '의식적으로 멈추는' 연습입니다. 이 짧은 멈춤은 감정을 더 깊이 이해하고, 더 나은 선택을 할 수 있는 기회를 줍니다.

✿ PAUSE 3단계 실습

1. 잠시 멈추기
- 무언가 감정이 올라오거나 반응하고 싶을 때, 잠시 멈춰 보세요.

2. 알아차리기
- 지금 내 몸과 마음에서 일어나는 것을 관찰합니다.
  예: 가슴이 답답하다, 얼굴이 달아오른다, 불안하다

3. 선택하기
- 반응 대신, 지금 나에게 도움이 되는 행동을 선택합니다.
  예: 깊게 숨 쉬기, 천천히 말하기, 잠시 자리를 비우기

멈춘다는 것은 '내가 주인 되는 시간'을 갖는 것입니다. 자신의 감정과 충동에 휘둘리는 것이 아니라, 의식적으로 선택하는 힘을 키우는 것이 바로 멈춤 연습입니다.

습관적인 말이나 행동 대신,
나답게 대응할 수 있도록 도와줍니다.

하루에 단 5초라도 '멈추는 시간'을 가져보세요.
그 짧은 시간이 당신의 하루를 바꿉니다.

5. 감정기록 실천

감정기록 실천은 하루의 감정을 되돌아보고, 그 감정에 대해 알아차리고 거리를 두는 연습입니다. 짧은 시간이라도 매일 꾸준히 하면, 감정의 흐름을 이해하고 자기 돌봄의 힘을 기를 수 있습니다.

☼ 오늘의 감정 일기

1. 지금 느끼는 감정을 아래에서 골라보세요.

기쁨		불안		분노		서운함	
외로움		슬픔		지침		안정감	

2. 이 감정을 느끼게 한 상황은 무엇이었나요?
　예: 직장에서 상사에게 혼난 일, 가족과의 갈등, 좋은 소식을 들은 순간

3. 이 감정에 이름을 붙이면?
　예: 억울함, 포기, 기대감, 사랑받고 싶은 마음 등

4. 지금 이 감정은 어디에 머무르고 있나요?
　예: 가슴이 답답하다, 어깨가 무겁다, 눈물이 난다 등

5. 이 감정을 어떻게 대하고 싶은가요?

받아들이고 머물기		외면하기	
억누르기		표현하기	

☼ 감정 거리두기 노트

√ '나는 이 감정 그 자체가 아니라, 감정을 경험하고 있는 사람이다.'
√ 이 감정은 '지금' 내 안에 있을 뿐, 영원하지 않다.
√ 이 감정이 나에게 말해주려는 것은 무엇일까?

하루 5분, 감정을 정리하는 시간은 나를 더 잘 이해하고 돌보는 연습입니다.

에필로그: 작가의 말

《다시, 말꽃》을 덮으며
말하지 못한 말들이
상처가 아닌 꽃이 될 수 있다면,
그건 아마도 누군가가
그 말에 진심으로 귀 기울여 주었기 때문일 겁니다.
이 책은
조용히 아파했던 누군가의 마음 곁에
살며시 다가가 앉고 싶어서 시작한 작업이었습니다.
저 역시 아픈 시간을 지나오며 깨달았습니다.
상처가 저절로 아물지는 않는다는 것을요.
어설픈 위로가 아니라,
제대로 된 회복이 필요하다는 것을요.
그래서 저는 임상심리상담을 전공했고,
다양한 심리기법과 이론들을 배우며
누군가의 아픔을 체계적으로 이해하고
검증된 방식으로 곁에 서는 법을 익혀왔습니다.
이 책에는 그중에서도
인지 기반 마음챙김(MBCT)의 시선을 담았습니다.

내 마음을 있는 그대로 바라보고,

억누르지 않고,

조용히 다독이는 연습이

당신에게도 닿기를 바라는 마음으로요.

"온실 속의 화초일 것 같다"라는 말을 듣곤 했지만
나는 푸른 초원의 잡초처럼 자라왔습니다.

그래서 아픔이 무엇인지,

도움이 어떤 모양이어야 하는지도

조금은 알게 되었습니다.

만약 지금,
나처럼 마음이 힘겨운 누군가가 있다면

기꺼이 위로의 손을 내밀고 싶습니다.

왜냐하면
지금 이대로도 충분히 아름다운 당신이기에.
이미 잘 참아왔고, 말없이 견뎌왔으며,
이제는 그 말들을 꺼내고 싶은 당신이기에.
이제는

마음을 억누르지 않아도 괜찮다고,

말꽃처럼 조용히 피워내도 된다고,

나는 당신의 이야기를 듣고 싶었다고

말해주고 싶었습니다.

부디,

이 책을 덮는 지금
당신 안의 말 하나가
조용히 피어나고 있기를 바랍니다.
조용히 피어나는 말 한 송이,
그게 누군가에겐 진짜 위로가 됩니다.

참고한 이론 및 문헌

이 책의 이야기들은 '마음챙김 기반 인지치료(MBCT)'의 원리를 바탕으로, 감정에 머무는 시간을 다루고 있습니다.

주요 참고문헌

Williams, M., Teasdale, J., Segal, Z., & Kabat-Zinn, J.(2007). 마음챙김 명상과 인지치료(Mindfulness-Based Cognitive Therapy for Depression), 이영희 옮김, 학지사.

Kristin Neff(2011). Self-Compassion(자기연민의 힘), 불광출판사.

Jon Kabat-Zinn(1990). Full Catastrophe Living(있는 그대로를 받아들이는 연습), 한문화.

이야기와 상담 문장들은 모두 심리상담사의 경험과 마음챙김 실천을 통해 만들어졌습니다.